約束の花嫁

高峰あいす

幻冬舎ルチル文庫

CONTENTS ✦目次✦

約束の花嫁

✦イラスト・陵クミコ

✦カバーデザイン＝吉野知栄（CoCo.design）
✦ブックデザイン＝まるか工房

約束の花嫁

その日は朝から土砂降りの雨で、夏も近い季節だというのに斎場のロビーは酷《ひど》く寒かった。

「時田《ときた》淳《じゅん》君だね？」

頭上からかけられた声は聞こえていたけれど、淳はすぐに反応できなかった。

「淳君？」

二度目の呼びかけに、のろのろと顔を上げる。

「……はい」

目の前には姉と同い年くらいの青年が立ち、自分を見おろしていた。

「初めまして、上倉司郎《かみくらしろう》です」

八歳の子供である淳に対して、上倉司郎と名乗った彼は丁寧《ていねい》に頭を下げる。

年上の人から対等に扱われた経験のない淳は、少し驚いて彼をまじまじと見た。

学校の制服らしいブレザーを着た司郎は、背が高く子供の淳が見ても格好いいと思える顔立ちをしていた。睫《まつげ》が長く、その奥にある深い色合いの瞳《ひとみ》は、優しく淳を写している。

「隣、いいかな」

言うと司郎は、淳の隣に腰を下ろす。

母は淳が生まれて間もなく、病で他界した。

そして数日前に父は事故に巻き込まれて、この世を去った。

頼れる親族はおらず、遠縁だと名乗った中年の男女が数人居るが何やら険しい表情で話をしており、近寄れる雰囲気ではなく父の死を悼《いた》んでいる風もない。

斎場に来てくれた会社の同僚や、父の少ない友人達も、そんな親族を怪訝《けげん》そうに眺めている。

そんな中、喪主である姉の美雪《みゆき》だけは葬儀の準備に追われ、朝から慌《あわ》ただしくしていた。

淳ができる事といえば姉の邪魔にならないように、端のソファへ大人しく座っている事くらいだ。

「こんな所で、寒くないのかい？」

「本日は父の葬儀にお越し下さり、ありがとうございました」

淳は彼の問いかけには答えず、八つ年上の姉から教わった台詞《せりふ》を淀《よど》みなく口にする。

ロビーの隅にぽつんと座った淳に声を掛けてくる大人は何人かいたけれど、皆この台詞を聞くと『小学三年生になったばかりなのに、しっかりした子だ』と褒めて、何処《どこ》かへ行ってしまう。

きっとこの青年も、すぐに離れていくのだろうなとぼんやり考えていた淳の手に、暖かいものが触れた。

「無理をしなくても、いいんだよ」

冷えた自分の手を、司郎の手が包んでいた。淳は不思議な物を見るように、彼の手と顔へ交互に視線を向ける。

「辛《つら》かったんだね。悲しい時は、素直に泣けばいい。そうしないと余計苦しくなるだけだからね」

辛くない、と言おうとしたけれど、唇が動かない。かわりに淳の瞳から、大粒の涙が零《こぼ》れて頬《ほお》を伝い落ちた。

「お父さん、お母さんの所に……行っちゃった……っ」

事故の知らせを受けて、姉と二人で病院に向かったところまでは朧気《おぼろげ》に覚えている。しかしそれから先の記憶は断片的だ。霊安室で対面した筈《はず》だけれど、記憶はすっぽりと抜け落ちている。

子供心に『しっかりしなければ』と思っていたせいか、無意識のうちに感情を押さえてしまい、結果として淳は辛い記憶に鍵《かぎ》をかけていたのだ。

しかし心から淳を心配してくれる司郎の出現で、感情を封じ込めていた記憶の扉が開いてしまった。

「お父さん、何度起きてって言っても起きなかった。病院の人がね『お父さんは天国に行ったんだよ』って言ってた。お姉ちゃんも、行っちゃうのかな？」

「そんな事はないよ。美雪さんは強い人だから、君を置いて行ったりしない。もし辛くなっても、これからは俺が二人を守るからね」

「……お兄ちゃんが…守ってくれるの？　これから、ずっと？」

「ああ、そうだよ」

司郎はポケットからハンカチを取り出すと、淳の涙をそっと拭《ぬぐ》ってくれた。無邪気な問いかけにも司郎は曖昧《あいまい》な笑みで誤魔化《ごまか》したりせず、涙で潤んだ淳の目をしっかり見つめて頷いてくれる。

「上倉さん。本当に来てくれたんですか」

斎場の入り口から、姉である美雪の声が響く。

父の死にも取り乱したりせず、淳の面倒を見ながら気丈に葬儀の準備を進めていた姉が、司郎の姿を見た途端に声を詰まらせた。

「美雪さん。すみません、連絡が遅れて………本当は父が来るはずだったんですが、急遽《きゅうきょ》仕事が入ってしまって、俺が代理で……」

「謝らないで下さい。来てくれただけで十分です……きっと父も、喜んでますから」

駆け寄ってきた姉を、司郎が自然な動作で抱き締める。

普段は男勝りで、明るく笑顔を絶やしたことのない姉が、司郎の肩に顔を埋《うず》めて泣き崩れる姿を淳は座ったまま見つめていた。

司郎と姉がどういった関係かは分からなかったけれど、何か特別な繋《つな》がりがあるのだろうなと、子供心にもぼんやりと感じる。

——この人、お姉ちゃんが好きなのかな。だから僕も、守ってくれるって言ったんだ。

それが嫌だとか悲しいという気持ちではなくて、ただ『仕方ない』という、諦《あきら》めにも似た感情が淳の心に刻まれた。

その後の事は、良く覚えていない。

姉の説明によると、淳はストレスと疲労で熱を出してソファで気絶するように眠ってしまい、葬儀が終わるまでは司郎が面倒を見てくれたと聞かされた。しかし眠っていた淳は全く覚えていなかった。

次に気が付いた時は自宅アパートの部屋で、服も喪服からパジャマに替わっていた。そしてその手には、司郎が涙を拭いてくれたハンカチがしっかりと握られていたのである。

『余程上倉さんが気に入ったのね。機会があったら、ハンカチ返しなさいよ』と、姉は暫《しばら》く話題にしていたけれど、その目が何処か悲しげであると気付いてから、淳はハンカチを机の引き出しに隠した。

どうしてそんな真似《まね》をしたのか、自分でも良く分からない。

ともあれ『上倉司郎』は、その日から淳の中で特別な人となった。

そして、父の葬儀から十年の月日が経過する。

頼れる親族が居ない中、姉は新聞配達や旅館の仲居など、様々なバイトをしながら淳を育てた。

元々住んでいたアパートは大家の好意で、父が亡くなった後も保証人や更新の手続きなどは上手《うま》く肩代わりをしてくれた。

けれど両親がいないハンディは、『貧しさ』という目に見える形で現れる。それでも挫《くじ》けなかったのは、何事にも前向きで気丈な姉がいてくれたからだと淳は思っていた。

学校も事情を酌《く》み、制服や教科書は卒業生から譲られた物でどうにか通い続けられたし、二人とも大学にも入学する事ができた。

姉は短期大学で美術史を学び、そのツテで小さなデザイン会社に就職が決まり、現在はイラストレーターとして働いている。そして淳は、この春に大学の夜間学部へ進学が決まった。

周囲の大人が自分達に同情的だった事も幸いして、二人が道を踏み外すこともなく、自立した生活を営めたのは不幸中の幸いだろう。

大学を卒業したら、姉に恩返しをしなければと意気込んでいた矢先に、淳は予想外の事を告げられる。

なんと姉は、同業者の集まるパーティーで知り合ったデザイナーと結婚を視野に入れた交際をしていたのだ。

勿論《もちろん》淳は反対などはせず姉を祝福した。

結婚相手の石田伸一《いしだしんいち》というデザイナーは若くして幾つものデザイン賞を獲得した人物で、国内外からも注目されている。まさに新進気鋭の新人という言葉がぴったりだが、決して才能をひけらかすことはなく、初対面の時も淳には気さくに話しかけてくれた。

第一印象は穏やかな雰囲気の青年。姉の二歳年上の二十八歳と紹介されたが、大学生と言っても通るような童顔だった。見た目通りのおっとりした性格で、淳は内心『気の強い姉とやっていけるのか？』と不安になったほどである。

ぱっと見は、ひょろりとして気弱な印象の石田だが、芯は強くアメリカで事務所を立ち上げると公言するほど、自信も実力もある人物だ。

そんな石田に、公私共にパートナーになって欲しいと望まれた姉の美雪は、付き合って半月で迷わず結婚を決めた。

昔は取っ組み合いの姉弟喧嘩《げんか》もしたけれど、石田と付き合い初めてからの姉はまさに恋する少女になった。がさつな面を知っている淳でさえ、それすらも今は良い思い出だと笑えるようになっていた矢先、またも事態は急展開する。

企画していた海外の事務所の立ち上げが、予想以上に早く進んだのだ。嬉《うれ》しい事に顧客も付き、出資者も直《す》ぐに集まったらしい。

しかし、淳達にしてみればそれからが大変だった。石田は用意ができ次第、アメリカへ行ってしまうという。

いずれは渡米すると聞かされていたが、姉も石田もこうなるとは考えていなかったらしい。顔合わせの際に石田から一緒に来ないかと誘われたが、淳は大学合格を理由に辞退した。それは表向きの理由で、本心を言えば今まで苦労をかけてきた姉の新婚生活に、お邪魔虫としてついていくのは気が引けたからだ。

そして淳の入学式の準備と新居の手続き、姉の結婚披露パーティーを同時進行で行うという強行軍を一昨日《おととい》までやっていたのだ。渡米を控えているので、親しい友人だけを集めた食事会だったが、準備が大変な事に変わりはない。

小さなトラブルはあったものの、姉は無事夫と共に今朝アメリカへと飛び立った。

『あんたが嫁に行く前に、結婚できて良かったわー』なんて言うとんでもない捨て台詞を残し、笑顔で出国ゲートを潜《くぐ》る姉は、最後まで別れの涙なんてものは見せなかった。そんな姉の横で苦笑していた義兄の顔を思い出し、淳は溜息《ためいき》をつく。

「全く、お姉ちゃんらしいや」

六畳一間のアパートには、一人きりになった淳の声に返事をしてくれる相手はいない。その寂しさを誤魔化すように、淳はわざと大きな声で愚痴《ぐち》を続ける。

「大体、どうして僕がお嫁に行かなきゃならないんだよ」

昔から姉は勝ち気でお互いの友人達からも、兄と妹などとからかわれていた。確かに働く姉の代わりに淳が家事をしていたから、新人主婦より手際よく料理も掃除もできる自信はある。

けれど『素直で家事が得意な淳君は、お婿じゃなくてお嫁さんにしたくなる』なんて、姉の女友達から真顔で言われ続ければ、淳でなくても落ち込むだろう。

「でも今月から、道路工事のバイトも始めるし。筋肉付けば、かなり男らしくなるよな」

これまでは姉に頼り切りだったが、元々大学に入学したのを機に淳は自活しようと決めていた。姉の結婚で完全に頼れる者がいなくなって不安はあるが、ある意味新たな一歩を踏み出すには丁度良い機会ともいえる。

今まで住んでいたアパートは一人暮らしには少々広いので、同じ大家が管理している別の物件を紹介してもらった。

トイレは共同、風呂無し、家賃四万のこのアパートは、淳一人の経済力でも暮らしていけるギリギリの物件だ。転居届も提出し、荷物の運び込みも無事に済んだ。ここを拠点に新生活が始まるのだと考えると、多少の不便など気にならないくらいやる気が湧いてくる。

「えっと、先に荷物を片付けないと」

まだガムテープで封をしたままの段ボールに手を掛けたその時、玄関のチャイムが鳴った。

「時田さん、書留です。判子《はんこ》お願いしまーす」

「はーい。あ、判子すぐに出ないから、サインでもいいですか？」

淳は扉を開けて、郵便局員から封書を受け取る。

——書留？　誰だろう。

書留など受け取るのは、初めての事だ。淳は小首を傾《かし》げながら、封書の裏に書かれた差出人の名を見る。

「司郎さん……？」

万年筆で丁寧に書かれた『上倉司郎』の文字に、淳は目を見開く。懐かしい名前に驚くと同時に、胸に僅《わず》かな不安が過《よ》ぎった。

父の葬儀の日、自分と姉を励まし労《いたわ》ってくれた人のことを淳は片時も忘れた事はない。

あの日司郎は『これからは俺が二人を守る』と言ってくれたが、結局それから一度も会えないまま十年が過ぎた。それでも淳が司郎を嘘吐《うそつ》きとも思わず、一途《いちず》に想い続けてきたのは、姉の不可解な言動に気付いていたからに他ならない。

葬儀の後、淳は姉から上倉家と時田家の関係を教えられた。

上倉家は日本有数の財閥で、政治にも深く関わりのある家柄だ。時田家も曾祖父の代までは同じような名家であったらしい。

しかし戦争などの時代の荒波についていけなかった時田家は経済的に困窮し、現在の状況になったと淳は姉から聞かされている。

姉の話では、交流のあった上倉家から借金をしており、父も少しずつではあるものの返済をしていた。しかし淳の父が事故死してからは、逆に援助を受けていた。

姉は淳に心配をかけまいとして何も話してはくれなかったが、秘密裏に司郎と会っていたのは気付いていた。

いずれは二人が結婚すると勝手に思い込んでいたから、淳は姉が結婚相手として石田を紹介してくれた時、意外に思った程である。

「急に何だろう？」

宛名には姉と淳の名が書かれているから、司郎は姉が結婚して海外へ行ってしまったことを知らないのだろう。

姉の性格からして、淳に上倉家からの借金を押し付けて逃げるとは考えられない。むしろこれまで通り淳には一切苦労させないように配慮して、海外から司郎の口座へ直接返済するくらいの事はやってのける人だ。

淳は訝《いぶか》りながらも、封を切る。真っ白い便せんには、司郎の性格を表すような整った字が並んでいた。時候の挨拶《あいさつ》から始まり、簡単な近況に続く文章は、メールに慣れた淳が読んでも、非常に流麗だと感じる。しかしある一文まで来ると、淳は眉《まゆ》を顰《ひそ》めた。

「……昔の約束？」

引っかかりを覚えた文は、『昔の約束に関して、話し合いたい』とだけしか書かれておらず、詳しい内容には言及していない。恐らく司郎は、全てを知る姉の美雪が読む事を前提にして、この手紙を書いたのだろう。

けれど今、姉は日本にいない。内容を尋ねたくても姉は新婚旅行先に旅立っており、アメリカの新居に到着するのは十日後だ。旅行中は夫婦水入らずで過ごしたいからという理由で、スマートフォンの電源も切るのだと言っていたから、連絡を取るのは難しい。

——旅行会社に頼めば、泊まってるホテルは教えてもらえるだろうけど……。

折角の新婚旅行を、邪魔するのは気が引ける。これまでずっと苦労をかけてきた姉が、やっと摑《つか》んだ幸せだ。

話し合いに指定された日時は、二日後の昼。

場所は都心の一等地にある、上倉の本家と書かれている。

「僕だけで行こう」

全く事情を知らない自分が行っても、無駄足になる可能性もある。けれど淳は姉に余計な心配をかけたくないという気持ちもあるが、それ以上に司郎に会いたいという気持ちが強く、断りの連絡をする気にはなれなかった。

あの日涙を拭ってくれた司郎のハンカチは、今も淳の宝物だ。泣くこともできないほどの深い悲しみに沈んでいた淳を、優しく慰めてくれた司郎に対して、憧《あこが》れのような気持ちを抱《いだ》いている。

挫けそうになった時は、司郎のハンカチを見て頑張ることができた。もうあの時の子供ではなく、自立した大人になったと伝えるためにも司郎に会いたい。

考え始めると、益々《ますます》彼に会いたい気持ちが募る。

「司郎さん、元気かな。僕の顔を、覚えててくれたら嬉しいんだけど」

手紙を胸に抱き締め、淳は子供のような無邪気な笑みを浮かべた。

「嘘……本当に、ここが家？」

目の前に聳《そび》える立派な門を見上げ、淳は何度も手紙に書かれた住所を確認する。

都内の一等地、豪邸が建ち並ぶ区域の中でも上倉家の邸宅は一際目立っていた。道路に沿った白漆喰《しろしっくい》の塀は二メートル程の高さがあり、中を窺《うかが》い知る事はできない。塀自体も周囲の邸宅の倍以上長く、広大な敷地に建っていると淳にも分かる。

畏《かしこ》まった格好をするのも変な気がして、あえてジーンズにジャケットというラフな服装で来てしまったことを、淳はとても後悔する。

――お姉ちゃんに『服に着られてる』なんてからかわれたけど、入学式用のスーツ着てくれば良かった……。

今更後悔しても遅い。着替えに戻っている時間はないので、淳は緊張に震える指でチャイムを押す。ベル音が響くと、程なくドアホン越しに男性の声が聞こえた。

『はい』

「あの、時田淳と言います。今日は、上倉さんに呼ばれて……」

『時田様ですね。門を開けますので、少々お待ち下さい』

「は、はいっ」

口ぶりからして、相手は門の守衛らしい。

これだけ立派な屋敷なら、守衛がいて当然だと頭で分かっていても、淳にしてみれば別世界の対応に、つい挙動不審気味になってしまう。

門が開くと中には警備員が数名立っており、彼等に倣《なら》って淳も姿勢を正す。

「えっと、あの」

「すぐに、司郎様がこちらにみえるそうですので、もう暫くお待ち下さい」

「はあ」

守衛の言葉に、淳はポケットに入れて来た司郎のハンカチを無意識に握り締める。門の中へ入ったというのに、周囲には高い木々が生い茂り、家が何処にあるのかも分からない。煉《れん》瓦《が》で舗装された道が木立の奥へと続いているから、多分その終点が家の入り口なのだろう。

——これで馬車とかで司郎さんが来たら、どうしよう。

上倉家が日本有数の財閥とは聞き知っていたけれど、正直ここまでとは想像していなかった。だが幸いな事に、司郎は木立の陰から徒歩で現れる。

「淳君、久しぶりだね。会いたかったよ、元気そうでよかった」

「司郎さん」

けれど淳は、それまでとは別の意味で呆然《ぼうぜん》となる。

記憶の中の司郎は格好いいというより、綺麗《きれい》な印象が強い青年だった。しかし今、目の前に立つ司郎は、野性味のある精悍《せいかん》な面立《おもだ》ちの男になっていた。スーツ姿の司郎は背が高く、淳よりもがっしりとした体格をしている。

葬儀の日、優しく淳を見つめていた目には強い意志が宿り、巨大な組織の頂点に立つ者としての威厳が備わっている。優しさと強さ、そして他者を圧倒する覇気が、一般人である淳にも感じ取れた。

敬礼をする警備員達に、司郎が視線で持ち場へ戻るように促す。その慣れた些細《ささい》な動作さえ、見惚《みと》れるほどに洗練されている。

「君が来るのを、朝から待っていたんだ。お茶を用意してあるから、家に行こう」

「はい」

深みのある声は、同性の淳でも聞き惚《ほ》れてしまう。

十年ぶりの再会だというのに、司郎は親しい友人を迎えたかのような優しい微笑《ほほえ》みを淳に向けてくれる。その微笑みに安心して、淳も緊張を解いた。

「美雪さんは？」

心から嬉しそうに見つめてくれる司郎の視線が、姉の姿を探して自分から外された瞬間、胸の奥がちくりと痛む。

「外せない用事ができてしまって……来られなかったんです」

どうして嘘をついたのか、淳自身も分からなかった。

「そうか」

幸い司郎はそれ以上追及せず、自然な動作で淳の肩を抱き、煉瓦の道を歩き始める。

――お姉ちゃんの事、狡《ずる》いって思ってたのかもしれない。

胸の奥に隠していた感情に、淳は今更気がついた。

姉が淳に心配をかけまいとして、司郎との関係を隠していたことは明白だ。最終的に姉は石田を夫として選んだが、そうなるまでには司郎と恋愛関係にあったのだろうか。

しかし淳にしてみれば、疎外された状況は非常に不本意だった。こうして司郎と歩いていると、彼に再会できた喜びを覚えると同時に姉のことを考えて不安にもなる。

「ずっと司郎さんに、会いたいって思ってたんです。けどお姉ちゃん、僕に心配かけないようにうに隠し事してて。司郎さんの話すると、困った顔するからなんとなく言い出せなくて」

「やっぱりね、美雪さんらしいよ」

穏やかに微笑みながら話す司郎は、緊張を解《ほぐ》そうとしてくれていると分かり益々恐縮してしまう。これ以上彼に甘える形で会話を続けるのは申し訳ないと思ったので、淳は自分から切り出す。

「あの、司郎さんは……僕達に援助してくれていましたよね」

「それは」

言葉を濁そうとする司郎に、淳は意を決して告げる。

「いずれ、僕からもきちんとお礼をしなくちゃって思ってました。小学生の頃は分からなかったけれど、中学辺《あた》りから薄々気がついてましたし」

「そうか。けれどその様子だと、うちと時田家が交わした昔の約束事は聞いてないね？」

「昔の約束事は聞いてません」

正直に頷くと、司郎は眉を顰めた。何か考え事をしているのか、暫し口を噤《つぐ》む。

「僕が来ても、意味はなかったですか？」

事情を知らされていない自分が来ても、話し合いにならないだろうと予想はしていた。ただ司郎に会いたいという気持ちだけで行動した事を、初めて淳は後悔する。

「迷惑だったら、言って下さい。僕、帰ります」

「いや丁度良い機会だから、私から説明するよ。そんな顔をしないでくれ、十年ぶりに会えた君を泣かせたくない」

司郎の手が、子供をあやすように淳の頭を撫《な》でる。姉に同じ事をされると『子供扱いしないで』と憤慨してしまうのに、司郎の手だと心地よく感じるから不思議だ。

「随分と昔……戦前の頃の事だ。上倉家はお金絡《がら》みではなく、純粋に時田家と親戚関係になる事を望んでいたんだ。時田家も喜んで受け入れようとしたんだが、子供の歳《とし》が離れすぎていたり、細々した問題があったせいで上手く話がすすまなかったらしい。そうしている間に、時田家の財政が悪化してね」

「没落したって事ですよね。昔は裕福だったって聞いてはいましたけど、僕はそんな時代の事なんて知らなくて実感もないから、気にしないではっきり話して下さい」

「そうだね、言葉を選ぶ方が失礼だな」

言い淀んだ言葉を察して淳が告げると、司郎が整った顔のまま苦笑を浮かべる。その苦笑すら、見惚れるほど司郎は格好良かった。

「上倉家は融資をしたんだが、結果として時田家の重荷になってしまった。無理な返済をしたあと、行方《ゆくえ》が分からなくなってしまったんだよ。それからずっとうちは時田家を探し続けて、やっと君のお父さんを見つけ出したんだ。けれどすぐ、あの事故が起こった」

司郎の話を聞くうちに、淳の胸の奥に不安が込み上げてくる。

――昔の約束って……つまりうちと上倉家が、一緒になるって事？　それって、司郎さんとお姉ちゃんが、結婚するって意味？　でももう、お姉ちゃんは結婚して……。

淳はそっと、司郎の手を窺う。どちらの薬指にも、指輪はない。

——まさかお姉ちゃん、婚約してすっぽかしは……流石《さすが》にしてなかったか。

破天荒な姉なので、約束だけして逃げるという可能性も捨てきれなかったが、婚約はしていないと分かりほっと胸をなで下ろす。けれど『昔の約束』とやらを違《たが》えたことに変わりはない。

司郎の様子からして、姉が結婚した事は知らないようだ。

姉と司郎が結婚するなど現状ではあり得ない。しかし、上倉家が昔の約束を成就させようとすれば、結婚した姉を強引に離婚させるなど造作もないだろう。

「ここからが本題なんだが、私は……」

「し、司郎さんはお姉ちゃんと、結婚するつもりなんですよね！」

突然話を遮り声を張り上げた淳に、司郎が足を止める。淳はすかさず彼の手から離れ、前に回り込むと頭を下げた。

「僕にできることは何でもするから、お姉ちゃんには関わらないで下さい！　お姉ちゃん、この間結婚したばっかりなんです。ずっと僕の面倒を見てくれて、自分のことは後回しにしてきて……だから、絶対に幸せになってほしいんです！　そのためなら、僕は何でもします！」

自分の言葉で、司郎が納得してくれるとは到底思えない。けれど金も地位もない淳が唯一自由にできるのは、自分だけなのだ。

「顔を上げなさい、淳君。それにしても、本気で言っているのか？」

「勿論です」

即答するが、司郎は信じていないらしく呆《あき》れ顔で肩を竦《すく》める。

「自分の人生を左右するようなことを、軽々しく口にするものじゃない」

「だったら試して下さい。僕、司郎さんの命令には何でも従います」

「本当に？」

「本当です！」

気が強いのは、何も姉だけではない。淳も十分気が強く、一度こうと決めたら突っ走る傾向がある。今も姉の幸せのためという気持ちはあるものの、疑われる事に反発しているのも事実だ。

少し司郎は迷ったようだが、淳に引く気がないと分かると苦笑しつつ頷いてくれる。

「分かったよ。そこまで言うなら、試させてもらうよ。淳君の意志が本気か見極めるために、暫くの間はこの家で生活してもらう。いいね」

大学の入学式までは、まだ余裕がある。バイトもこちらから日付を指定して組んで貰《もら》うシステムで、幸いなことに淳はまだシフトの連絡をしていない。しばらくなら、司郎の家に滞在しても問題ないだろうと、淳は単純に考える。

「はい！」

威勢良く返事をした淳だったが、不安が全くないわけではなかった。

――司郎さんどんな命令をするつもりなんだろう？　慰謝料として、何千万も要求されたりとか？

再び歩き出した司郎の横顔を見上げると、淳の視線に気付いて微笑みが返される。

――あの時の笑顔と、全然変わってない。

父の葬儀の日、淳に向けられた眼差《まなざ》しと今のそれは全く同じものだと分かる。優しく、淳の心を包み込むような暖かい目。

「とりあえず、詳しい事はお茶でも飲みながら話をしよう。美雪さんは家の事は話したがらなくてね、私は二人がどんな生活をしていたのか知りたいんだ」

「別に、普通ですよ……あ、司郎さんからしたら、別世界なのかな」

両親の揃《そろ》った家庭に比べたら、二人の生活は普通でなかったかもしれない。しかし淳は、司郎が普段の美雪の姿を知りたがっているのだろうと考える。

――好きな人のこと、知りたがるのは当然だよな。

不意に、胸の奥がツキンと痛む。初めて経験する感覚に、淳は一瞬戸惑う。けれど数秒後には、そんな痛みなどすっかり忘れる衝撃が淳に襲いかかった。

常緑樹の向こうに、白い壁の洋館が見えてくる。姉が持っている美術史の本に掲載されている写真と似たような建物に、淳はおもわず呟《つぶや》いてしまう。

「あの司郎さん。司郎さんの家って、庭に美術館があるんですか？」

「いや、私の家だよ。両親は今半分現役を引退してね、スイスで暮らしているから、この家には私と執事、それと二十人ほどのメイドだけだ。自分の家だと思って気楽に過ごしていいからね」

三階建ての巨大な洋館を前にして、淳は尻込みする。

「どうしたんだい、淳君」

「何でもないです」

気楽に過ごせる自信は全くないけれど、姉のために今は我慢するしかない。淳は司郎に手を引かれて、恐る恐る屋敷に入っていった。


すぐにも命令されることを覚悟して屋敷に足を踏み入れたが、意外にも司郎は執事やメイド達に淳を『大切な客人』と紹介した。そして先程の言葉通り、お茶を飲みながら淳と歓談を始めたのである。

ファストフード店で出るティーバッグの紅茶と違い、良い香りのするいかにも高級そうなお茶を飲みつつ、淳は司郎に問われるまま、これまでの生活を正直に話した。

生い立ちを聞いてくる大人はこれまでも大勢いたけれど、ストレートに話すと皆揃って二人の前で涙を流した。

本当に哀れんでくれていると分かっていても、大人の涙を見るたびに、自分達が惨《みじ》めであると確認させられているような気分になって正直嫌だった。

姉も淳も同情されるのは嫌だったので、貧乏生活の現実に巧みに笑えるエピソードを交えて話す術《すべ》を自然と身に付けていった。

「それで、ティーバッグは干して三回使うのが、うちの決まりになったんです。四回目になると、色が出ないいんですよね」

「美雪さんも、良く考えたなあ」

微笑みを浮かべて話に聞き入ってくれる司郎に、内心淳はほっとする。実際問題、楽な生活ではなかったけれど、辛い事実を告げて彼を心配させるのは嫌だった。

「ありがとう。淳君」

「へ？」

突然司郎から礼を言われて、淳は首を傾げた。

「私の知らない苦労は、沢山《たくさん》あったんだろうと思う。でも淳君と美雪さんが、優しい人達に囲まれて幸せに生活してきたと分かって安心した」

その言葉から、淳は司郎が話の表面的な面白さだけでなく、裏に秘められた思いまで考えながら聞いてくれていたのだと気付く。

——こんなに真剣に話聞いてくれたの、司郎さんが初めてだ。

十年前とは違い、司郎はグループを統括する立派な社長になっている。心の何処かで司郎を大人の枠に嵌《は》めていたが、そうではないと分かり、淳は稚拙な判断をしてしまった自分を恥じた。

「話の続きは、また明日にでも聞かせてくれないか？　今日はもう休みなさい」

「お気遣いありがとうございます」

「そんなに畏まらないでほしいな。今日からは家族も同然なのだからね」

言い方に含みがある気がしたけれど、司郎にそう言われて嬉しい思いの方が強い。深く考えずに頷くと、大きな手がまた淳の頭を撫でてくれる。

「私はこれから少し仕事をするから、好きにくつろいでくれて構わないよ。木村《きむら》、淳君を部屋に案内してくれ」

「かしこまりました」

司郎の言葉に、木村と呼ばれた老人が淳の前に進み出る。髪は白く顔の皺《しわ》も深いが、その動きは矍鑠《かくしゃく》としている。

「この屋敷の執事を務めております、木村と申します。ご用がありましたら、お申し付け下さい」

「え、あの。でも……」

自分は司郎の命令を聞くために、この屋敷に住むのだ。使用人同然の扱いを受けるのだとばかり考えていた淳は、戸惑いを隠せない。

司郎も淳の表情から不安を察したらしく、落ち着かせるように静かに告げる。

「確かに君は、私と約束をした。けれどそれは、二人の間だけに成立するものだろう？」

「そんな都合のいいこと……」

「君が試されるのは、私の命令に従えるか否か。それだけだよ。他のことに関しては、何も気兼ねしなくていい。それに君は、上倉家がずっと探し求めていた時田家の人間なのだから、堂々としていればいいんだよ。それじゃあ、また後で」

確かに命令だけれど、口調は優しい。だから淳は、つい頷いてしまう。

「はい。あ、でも僕服とか何も持ってきてなくて……」

「服は君のサイズに合った物を幾つか用意させるから、好きに選んで着なさい。木村、後は頼んだよ」

信頼されているらしい老執事が頷くのを確認すると、司郎は先に部屋を出て行ってしまった。

——まあ、いいか。『気兼ねするな』って司郎さんが言ってくれたんだし、これだって命令の一つと思えば。

ともあれ淳はこの屋敷に居る以上、主人である司郎の命令には逆らえない立場だ。

ポジティブに考える事にして、淳は木村に促されて客室に向かった。階段や長い廊下を幾つも通り、すっかり元来た道が分からなくなった頃、やっと木村が扉の前で立ち止まる。

「こちらでございます。ドアの横とベッドルームに呼び鈴がありますので、ご用の際には押して下さい。すぐに時田様専属のメイドが参ります。それでは私は、失礼致します」

「ありがとうございました」

思わず案内してくれた木村に頭を下げると、少し驚いたように見返される。

「使用人ごときに、頭を下げられてはいけません。時田様は、上倉家と家族ぐるみで親しくしていたお家柄で……」

大真面目《おおまじめ》に諭す木村に、淳は困惑を隠せない。確かに昔は同等の付き合いをしていた仲だっただろう。しかし現在の時田家は、ごく普通の庶民だ。

所謂《いわゆる》上流階級とはほど遠い。

「昔はそうかも知れませんが。今の僕は、そんな大層な人間じゃないですよ！　今だって、安いアパートに住んでて……本当に、普通の学生なんです。だからそんな丁寧にしないで下さい！」

叫ぶように言うと、淳は部屋に飛び込む。そしてドアを閉めると、ずるずると床にへたり込んだ。

「あー、緊張した。司郎さんが一緒だとそんなに気にならないけど、執事さんとかメイドさんとかに話しかけられると、何言って良いのか分からなくなるんだよな」

司郎の命令に従えるかよりも、無事に屋敷で生活していけるかの方が不安になってくる。改めて室内を見れば、これまで姉と一緒に住んでいたアパートより遥《はる》かに広い空間が広がっていた。

淳は立ち上がり恐る恐る確認すると、ドアを入ってすぐの応接間の他に、ベッドルームとトイレ付きのバスルームがあると分かる。

そのどれもが、明らかに六畳間より広く、置いてある家具も高級と分かる品ばかりだ。

「なんか高級マンションの、モデルルームみたい。こんなすごい部屋を使って、本当にいいのかな？」

初めのうちはおっかなびっくりといった様子の淳だったが、次第に好奇心が勝ってくる。

「折角だし、風呂でも入ろうかな。すごい、ジャグジー付きだ！　バスローブまで用意してある！」

こんな機会は、恐らく二度と巡ってこないだろう。だったら堪能しようと決めて、淳は服を脱ぎ始めた。

翌日、淳は木村に呼ばれて食堂へと向かった。司郎から何を命令されるのかと緊張していたが、どうしてか司郎は昨日と同じく他愛のない会話をするだけで朝食を済ませるとあっさり出社してしまう。

残された淳はどうすればいいのか分からず、木村やメイド達に『仕事はないのでしょうか』と尋ねて回ったが、皆口を揃えて『お客様にそのようなことはさせられません』と言うばかりだ。

けれど何もしないというのも退屈なので、淳は木村に頼み込み書庫の整理をする事が決まった。

「――書庫って……図書館の間違いじゃないのかな」

本邸とは別に、渡り廊下で繋がった建物はいくつか存在する。その中でも一際大きな洋館が、書庫だと教えられた。本の整理とは建前で、静かに読書をする場を与えられたのだと気付くのに、そう時間はかからなかった。

有り難いと思う反面、完全に客人として扱われている状況に疑問を覚える。司郎は確かに、『淳の覚悟が本気か知りたい』と言った。

なのにこれでは、遊びに来ているのと大して変わらないと思う。

――僕の事、面倒だって思ってたら追い返すだろうし。司郎さん、何考えているんだろう。

けれど目の前に揃えられた大量の本に、淳は圧倒されつつも惹《ひ》かれてしまう。元々読書は好きで、学校でも暇さえあれば図書室に籠《こ》もっていた程だ。

生活をするだけで本を買う余裕がなかった分、目の前に好きなだけ読める本があるという事が嬉しくてたまらない。

「整理の合間に、少し読んでも構わないよね」

聞いてる相手などいないが、自分の罪悪感を軽減するように呟くと、淳は近くにあった古典の全集を手に取った。

それからは、司郎が出社すると淳は書庫に籠もり好きな本を読んで時間を潰《つぶ》した。平和すぎて何もない日が続いていたが、平穏は突然崩れ去る。

「お風呂上がりにバスローブなんて、映画みたい」

いつものように厚手のバスローブを羽織り、淳は上機嫌で風呂から出た。けれどベッドルームの扉を開けた瞬間、目を疑ってしまう。

「え……司郎、さん？　今日は遅くなるって……」

何故かベッドの隣に置かれた椅子に、司郎が座っていたのだ。朝出かけたときと同じスーツ姿のまま、微笑みながら淳を見つめている。

確か今日は、海外の取引先と会議があり帰宅はもう少し遅くなると言っていた筈だ。

「先方に急な問題が発生したようでね」

希《まれ》にある事だと笑って言う司郎に、淳も緊張を解く。そして自分が失礼な格好をしていると気付いて咄嗟《とっさ》にバスローブの前を押さえた。

「すみません、俺こんな格好で。すぐに着替えますね」

「そのままでいいよ」

「でも……」

「夕飯はもう済ませたかい？」

「はい。部屋に運んでもらって。司郎さんが帰ってくるまで待ってようかと思ったんですけど……」

時刻は十時を過ぎている。客人が食事を済ませるまではメイド達も休めないのだと木村から教えられ、慌てて食事を済ませたのだ。

戸惑う淳を、司郎が手招いた。素直に側《そば》へ行くと不意に手首を掴まれ、ベッドに倒されてしまう。何が起こったのか把握できず、呆《ほう》けたように口を開いている淳に、司郎が覆い被《かぶ》さってくる。

「君は美雪さんと違って、無防備だね」

姉の名を聞き、淳は我に返った。

――もしかしてお姉ちゃんは、司郎さんが結婚したがってることを分かってたの？

そう考えれば、姉と会っていた筈の司郎が自分達の暮らしぶりを知らないのも頷ける。姉はプライバシーをできるだけ口にせず、善意とはいえ枷《かせ》になる可能性のある上倉からの金銭的援助も、できるだけ少なく抑えたのだろう。

これまで姉は弱音を吐いたことなどなく、些細な悩みすらも淳には打ち明けなかった。もし淳が上倉家と時田家の交わした古い約束を知れば、解決策などないと分かっていても悩み続けた筈だ。

それを予想していたから、姉は淳には何も教えず海外へ逃げるという強行策を取った。しかし姉の唯一の失敗は、淳がずっと司郎を心の支えとして慕い続けていたと見抜けなかった点だ。

恐らく姉は上倉家から何かしらの連絡が来ても、淳が『知らない』と突っぱねると考えていた筈だ。そして海外から、上倉家に援助してもらった金を返済し、関係を完全に絶とうと計画したに違いない。

――でも僕が先回りして、余計な事言ったから。だけどそうしないと、お姉ちゃんが無理矢理離婚させられるかもしれないし。

混乱する頭で淳が必死に考えていると、司郎が摑んでいた手を自らの口元へと運ぶ。そして指先にキスをしながら、司郎が薄い笑みを浮かべた。

「他の男にも、こんなふうに従順なのか？」

「な、何言ってるんですかっ」

司郎の手から逃れようとして藻掻《もが》くけれど、手首を摑む彼の手はびくともしない。

「待って下さい、司郎さん……なんでこんな真似、するんですか？」

「淳は私の言う事を何でも聞くのだろう？」

質問を質問で返され、淳は言葉に詰まる。確かにそうは言ったが、どうしてベッドに押し倒す事に繋がるのか理解できない。

「だって……こんな……」

何とか声を絞り出しても、頭の中が混乱して言葉に詰まる。

「私なりに何が望みか、考えてみたんだ。無理難題を言って困らせるつもりはないし、淳ができる範囲の事がいいと思ってね」

こんな時でも、司郎は自分を気遣ってくれる。その気持ちはとても有り難いが、やっぱり組敷かれている状況はどう考えてもおかしい。

「あ、ありがとうございます。でも、あの。手離して……」

「私はね、伴侶が欲しいんだ。淳には今夜から、伴侶としての勤めをしてもらうよ」

真顔で返された言葉に、淳は耳を疑った。

——伴侶って、結婚相手って意味？　それって、まさか。

「風呂上がりの新妻を見て、押し倒さない夫はいないと思うぞ」

そう言いながら、司郎が淳の首筋に顔を埋めてくる。

「冗談は……ッ、ぁ」

耳朶《みみたぶ》をやんわりと嚙《か》まれ、淳は息を詰めた。

本気で抱くつもりなのだと気付いた瞬間、淳の心は一瞬にして冷えた。

つまり司郎は、自分を姉の代わりと見ているのだ。美雪とは顔立ちがかなり似ている。それに加えて、司郎が姉に裏切られたと思い淳を身代わりに嬲《なぶ》るつもりなら、犯すことに抵抗などないだろう。

「やだっ……司郎、さんッ」

「綺麗な黒髪だ」

彼の唇がこめかみを辿《たど》り、淳の前髪に触れる。金銭的に余裕のなかった淳は、今まで髪を染めたことがない。

理髪店も極力行かずにすむようにしていたので、襟足も長めだ。姉と髪型は多少違うけれど、後ろ姿はそっくりだと石田からも言われている。

「髪だけでなく、淳は体の全てが美しいね。肌が指に吸い付く」

藻掻く間に自然とはだけたバスローブの隙間《すきま》に、司郎の手が忍び込む。まるで女性にするみたいに乳首を探られ、淳は頬を赤くした。

恥ずかしい台詞を言われ愛撫をされたら、普通なら引くだろう。あるいはバカにされたと感じて、相手を殴るかも知れない。

けれど整った顔立ちの司郎に真顔で言われると、気恥ずかしさが先に立って顔を背けるのが精一杯だ。

「…本当に、もう。止《や》めて……下さい」

途切れ途切れに懇願する口に、司郎の唇が重ねられた。そっと滑り込んだ舌が、淳の口内を丁寧に愛撫する。

歯をなぞり、粘膜を擽《くすぐ》るその動きは、キスに慣れていない淳にとって衝撃的だった。呼吸までも奪うような激しい口づけに、息も思考も乱れてしまう。

「……ぅ」

「淳。今日まで私は我慢をしたんだ、君も覚悟を決めなさい」

やっと離れた唇から零れたのは、口づけとは反対のやけに優しい声だった。けれど淳は摑まれていた手を振り解《ほど》き、理不尽な要求を突きつけてきた男を睨《にら》み付ける。

「離して！　こんな事、僕は……」

「私の命令に従うと言ったのは、嘘だったのか？」

淳の脳裏に、義兄の石田と腕を組み幸せそうに笑う姉の顔が浮かぶ。普段は勝ち気で、弱みを見せまいと振る舞う姉が、唯一甘えるのは石田だけなのだ。

——そうだ。僕がここで逃げたら、お姉ちゃんは。

「嘘じゃありません！」

離れようとする司郎の手を引き留めた淳は、半ば勢いで自分から唇を寄せた。僅かに触れるだけのキスをすると、淳は耳まで赤くなった顔を背ける。

「もっと色っぽいキスはできないのかな」

「したことがないから、分かりません」

これまで淳は、まともに女性と付き合った経験がない。

姉の代わりに家事を一手に引き受け、授業料免除の特待生として大学へ通うために勉強をしていたから、それどころではなかったのだ。自慰もバイトで疲れ切った体は睡眠を優先し、夢精が一月に数回あるだけ。

「それは良かった」

淳の答えに満足したのか、司郎の笑みが深くなる。

「真っ白な君を、私の色に染められるね」

本当の伴侶に対する言葉みたいだと、淳は思う。以前姉から、花嫁衣装が白である理由は『夫の色に染まる』という意味だと聞いた。

きっと司郎は、自分と姉を重ねているから今みたいな事を口にしたのだろう。

――司郎さんは、お姉ちゃんの事……好きなんだ。

抵抗を止めた淳の体から、バスローブが取り去られる。ゆっくりと滑る指先は下着まで引き下ろそうとするから、流石に焦って淳は両脚に力を込めた。

「あの司郎さん……」

「全てをさらけ出してくれないと、愛せないよ」

宥《なだ》めるように、司郎が口づける。それと合わせて鎖骨や胸元を手のひらが這《は》い、淳の性感帯を探し出しては丹念な愛撫を与えてくれる。

逃げた姉への憎しみはなく、淳を代わりに見立てて愛情を注いでいるのだ。そうでなければ、男の自分をこんなに優しく愛撫する筈がない。

想いの深さを思い知らされた気がして、淳は複雑な思いに駆られた。

――お姉ちゃんにも司郎さんにも、幸せになってほしい。けど……。

二人の想いが、重なる事はない。だったらせめて自分が姉の身代わりとして司郎に抱かれれば、少しは彼の鬱憤《うっぷん》を晴らせるかもしれない。

男に抱かれるなど考えたこともなかったけれど、司郎の想いのはけ口になれるなら、可能な限り耐えようと淳は心を決める。

「司郎さん……あ、ンッ」

脚の付け根を擽られ腰が浮いた一瞬の間に、司郎の指が器用にボクサーパンツを取り去ってしまう。隠す物のなくなった淳の中心を、彼の手が握り込む。

――う、わ……っ。司郎さんの手で、扱《しご》かれてる。

何の戸惑いもなく、司郎の指が淳の中心を扱く。強弱を付けて繰り返される動きに、淳の中心はあっと言う間に勃起した。

「淳は随分敏感なんだね。それとも、溜《た》まっていたのかな？」

意地の悪い問いかけにさえ、淳は感じて肌を震わせる。

「もう先から、白い蜜が溢《あふ》れてきたよ。ほら、手を動かさなくても止まらない」

「や……ぁっ」

低い声に導かれるように、先走りが溢れ出す。鈴口から零れた液体は、司郎の指を汚しながら、幹を伝って落ちていく。

どうしてこんなにも感じてしまうのか、淳には理解できない。慕っていた司郎にされているのだから、失望や呆れと言った感情が快感を打ち消すのならまだ分かる。

けれど体は、明らかに司郎の愛撫で快感を得ているのだ。

「んっ、く」

鈴口の窪《くぼ》みに指の腹が触れて、そのまま円を描くように動く。痺《しび》れるような焦《じ》れったい快感が中心から生じ、淳ははしたなく喘《あえ》いだ。

「あ、だめっ、とける……」

「気持ちいいみたいだね」

「や……だめっ」

溢れる蜜を指に絡め、司郎は亀頭ばかりを責める。決定打のない快感が蓄積され、淳は身《み》悶《もだ》えた。

「どうされたいんだい、淳」

囁《ささや》きに、淳は快感で濡れた目を司郎に向けた。

声も表情も冷静だが、司郎の瞳には明らかな欲情が見て取れる。初めて見る雄の色気に、
淳の理性が崩れた。

「司郎さんの手で……イきたい……です」

——僕、何言って……。

僅かな理性が戻る前に、司郎の手が根元を握る。

「ひ、ッ」

一気に射精させるつもりだと分かって、淳は咄嗟に両手で顔を覆うけれど、中心に触れて
いないもう一方の司郎の手が手首を掴んで阻む。

一纏《ひとまと》めにされた両手首が、頭上のシーツに押し付けられた。

「目を閉じたら、お預けにするよ。私と視線を合わせて、射精しなさい」

「そんな、ぁ」

根元を擦《こす》る指の動きに合わせて、腰が揺れてしまう。焦らされた体は、もう限界だった。

「司郎、さん」

視線を絡ませたまま、淳は司郎を呼んだ。すると中心に絡んでいた指が、淳の望み通り根元から先端に向けて強く扱き上げた。

「も、イクッ……」

やっと与えられた絶頂に、淳は甘ったるく喘ぐ。ひくひくと震える先端から放たれた精液は、淳の下腹と胸を汚した。

「綺麗だよ、淳」

――イキ顔……見られた。

それも放出の瞬間から、全て出し切るまでの全てを憧れの人に曝《さら》したのだ。いくら命令されたとはいえ、恥ずかしいものは恥ずかしい。

羞恥で顔が火照《ほて》る。顔を背けようとしても、顎《あご》を捕らえた司郎の手がそれを許さない。

「君の全てを、私に見せるんだ。これは、命令だよ」

約束した以上、淳は司郎に逆らえない。それにもし逆らえば、司郎は姉に対して何かしらの行動を起こすだろう。そうさせないためにも、淳は屈辱的な行為を受け入れなければならないのだ。

「……はい」

頷くと、両手の戒めが解かれる。淳は抵抗する気力も体力も、なくしていた。

自分の精液で濡れた指が顎と首筋をなぞり、乳首に辿り着く。硬くしこるまで弄《いじ》られると、自然に唇から恥ずかしい声が漏れた。

「ゃ……んっ」

「想像以上に、感度がいいね。もう少し慣れたら、乳首だけでイけるように訓練してみよう」

卑猥な言葉なのに、腰の奥が嫌悪ではない感覚でぞわりと疼《うず》く。

——僕、司郎さんに嬲られてるのに……感じてる……。

姉の身代わりという立場だと、自覚はある。けれど司郎の言葉も愛撫も、まるで淳自身に向けられているかのように受け取れてしまう。酷いことを言いながら、司郎の声と表情が優しいせいだと、淳は考える。

「可愛いよ、淳。もっと、乱れてごらん」

「しろう、さん」

啄《ついば》むようなキスを繰り返しながら、司郎が赤く充血した乳首を指の腹で押し潰す。一度射精したせいか淳の体は酷く敏感になっていて、胸からの刺激だけで中心が再び頭を擡《もた》げてくる。

「っく……ぅ……」

「これだけ感度が良ければ、大丈夫かな?」

「……なにが、ですか？」

司郎が僅かに体を離し、スラックスの前をはだけるのが見えた。着衣の隙間から取り出されたのは、勃起した太い雄だった。

自分のそれとは色も形も違う逞《たくま》しいそれに、淳は息を呑む。

「初めての君に挿《い》れるのはどうかと思ったんだが、余りに淳が可愛くて私もこれ以上、堪えられそうにない」

「え……ひ、ぅ」

精液で濡れた手が、淳の脚を広げた。そして奥まった窪みに、指が入ってくる。ぐちぐちと卑猥な音が響き、羞恥に頬を染める。だがそれは始まりでしかなかった。太く節の張った指が内部へと進み、腹側の粘膜を探るように擦る。

「や、嫌。これ以上、無理です……ひ、んっ」

「体の方は素直だよ。ほら、もう前立腺が反応している」

ある一点を押されると、いやらしい声が勝手に唇から零れてしまう。それと同時に、萎《な》えた淳の自身が、瞬《また》く間に兆して来る。

直接触られてもいないのに先端からはねっとりとした蜜が溢れ、幹を伝って落ちていく。

「も、いや……嫌ぁ」

いつの間にか二本に増やされていた指でしつこく前立腺を責められて、淳は嗚咽《おえつ》混じりの嬌声を上げて乱れた。

「ここで私を楽しませるんだ。よく解しておかないと、辛いのは君だよ」

「無理、です」

「本当に？　体は従順になってきているようだけど？」

指摘の通り、後孔は物欲しげに司郎の指を締め付けている。けれど淳の心は、未知の行為への恐怖で満ちていた。

アナルセックスという言葉は知っていたけれど、それが自分にできる訳はないと淳は思う。

「そんなに緊張すると、辛いだけだぞ」

司郎は本気で挿入するつもりらしく、指で淳の後孔を解しながら、先走りの滲《にじ》む先端を擦り付けてくる。その熱さと硬さに驚いて、淳は目を見開く。

「お願いします。待って、司郎さん……や……あッ」

狭い入り口に、硬い亀頭が押し当てられた。逃げようとしたが司郎の手が淳の腰を摑み、全く動けない。

「そんなの、入らない…ッ…っ…く…」

太い雄が、柔らかい肉壁を擦りながら奥へと進む。淳の体は異物を押し出そうとして雄を締め付けるけれど、逆に雄を煽《あお》る結果となってしまう。

——中で…太くなってる…っ、あ…いま、びくって跳ねた…。

「淳の中は、柔らかくて居心地がいいね」

微笑みまで浮かべて言う司郎に、淳は何と返答して良いのか分からない。

「ひ、ンッく」

一際太い部分が一点を擦り上げた瞬間、繋がった部分から強い快感が生じた。それは今まで味わった事のない快楽で、淳は射精しそうになる。

「ああ、この辺りが良いんだね」

「ちが…あ、ぅっ」

小刻みに突き上げられ、淳は快感から来る涙を零す。

──今の続けられたら、おかしくなる…。

既《すで》に脚は司郎に押さえられなくても、自然に開いて雄を受け入れやすい体位を取っている。これ以上恥ずかしい姿を司郎に見せたくなくて、淳は精一杯の虚勢を張った。

「苦しい…もう、抜いて、くださ……い」

「そうかい？　なら、仕方がないね」

笑いを含んだ声と同時に、司郎が動きを止める。そしてゆっくりと、挿入していた雄を淳の中から抜き始めた。

「や……」

無意識に淳は、司郎を引き留めようとして彼の腰に脚を絡めてしまう。

――僕、何して……。

「あ、ひっ」

「君の口は、嘘吐きだね」

カリ首ギリギリまで引き抜かれていた雄が、不意打ちで一気に挿入された。

「ぁ、あ…奥まで……来てる」

「分かるだろう？　こっちは私を離したくないと言っているよ」

「んっく…ぅ…」

形を馴染《なじ》ませるように、司郎は何度も淳の中をゆっくりと擦った。開かれる痛みと快感が交互に押し寄せ、淳の思考を乱していく。

「…や、やだ…も…むり…」

中からの刺激で再び勃起した中心からは、濃い蜜が絶え間なく流れ出ている。それでも完全な射精には至らず、淳は堪《こら》えきれず司郎に縋《すが》った。

「まだ、中だけでは無理そうだね」

「司郎さん、助けて……」

逞しい腕が、淳を抱き締める。片手が震える中心に添えられ、幹を扱いて射精を促した。

「あ、出るっ…ひっ」

快感に溺《おぼ》れていた淳は、素直に蜜を迸《ほとばし》らせた。すると前の刺激で窄《すぼ》まった奥に、熱くねっとりとした液体が叩き付けられる。

――これって…司郎さんの、精液……っ。

そう気付いた瞬間、急に恥ずかしくなって淳は顔を背けようとする。

「駄目だよ淳」

「や……だって。また…」

達した状態が治まらないうちに、また別の快感が中から込み上げてくる。それは明らかに、司郎に射精された場所から生じる快感だった。

――僕、司郎さんに抱かれて……イッてる。

びくびくと下腹が震え、萎えかけた中心が蜜の残りを小刻みに吐き出す。強すぎる快感と、司郎に犯され感じてしまったショックで、淳は雄を受け入れたまま気を失った。


目覚めると、傍《かたわ》らには司郎が座っていた。あれは悪い夢だと思いたかったけれど、すぐに淳は現実だったたと思い知る。

「体が辛いだろうから、今日は寝ていなさい。用があるなら、このベルを押すんだよ。すぐにメイドが来るからね」

そう言いながら、司郎が頭を撫でる。

優しい声と言葉に、偽りは感じられない。これが単に、淳が風邪で寝込んだだけなら、彼の与えてくれる優しさを素直に受け止められただろう。でも体に残る痛みと快楽の名残《なごり》が、淳を苦しめる。

「それじゃあ、行ってくるよ」

「え……」

思わず淳は、不安げに司郎を見てしまう。信頼していた男に犯されたことはショックだが、彼と離れる方が嫌だと思ってしまったのだ。

司郎も淳の反応が意外だったらしく、僅かに目を見開く。しかしすぐ、柔らかな笑みを浮かべて淳に顔を寄せた。

「父は表向きは会長として留《とど》まっているが、先日話したとおりスイスへ行ってしまってからは事実上引退したも同然でね。実質私が経営権を持っているのと同じなんだ。だからどうしても会議にでないといけないんだよ。できるだけ早く戻るから、良い子で待っていなさい」

唇に触れるだけのキスをして、司郎が部屋を出て行く。扉が閉まる音を聞いてから、淳はのろのろと体を起こした。

「どうして？」

疑問は、司郎と自分に向けられたものだ。姉の代わりに、自分を抱いた司郎の気持ちは朧気に分かるけど、理解はできない。それ以上に理解できないのは、犯されて感じただけでなく、彼の温《ぬく》もりが離れる事に怯《おび》えた自分の心だ。

憧れの人であり、心の支えであった司郎は、姉を盾に淳を蹂躙《じゅうりん》した。憤るべきなのに、淳の心には違った感情が確かにある。

ショックではあるものの、明らかに怒りとは違うこの想いに、淳はただ戸惑う。

「何で、どうして……」

ふとサイドテーブルを見遣《みや》ると、昨日風呂へ入る前に何気なく置いたハンカチが、そのまま残されていた。

父の葬儀の日、司郎が涙を拭いてくれたあのハンカチだ。司郎に返そうと思っていたのだが、言い出すタイミングがないままだった。

淳は衝動的にハンカチを摑み、引き裂こうとして力を込める。けれど手は、ハンカチを丸めただけで、それ以上は動いてくれない。

「司郎さん……」

淳の中にはまだ、司郎に対して特別な想いがある。彼に抱かれるまでは、その感情は単なる『憧れ』と思っていた。

けれど姉の代わりとはいえ、セックスを拒めなかった理由に気付いて淳は泣きたくなる。

――酷い事されても……僕は司郎さんを嫌いになれない。

単純な『憧れ』だけでなく、いつの間にか司郎には自分で作り上げた理想を重ねていた。抱かれてもまだ消えない想いに、淳は唇を噛む。それだけ司郎は、淳の中で大きな存在なのだ。

ハンカチを握り締め、淳は嗚咽を必死に堪えた。泣いてしまえば、少しは楽になると頭では分かる。けれど僅かな意地が、涙を拒んでいる。

――きっと司郎さんは、疲れてたんだ。司郎さんは、酷い人じゃない。

無理矢理理由を考えて、司郎の行為を正当化しようとする。でも高ぶった感情はなかなか収まらない。姉は父の葬儀の日以来、一度も淳に涙を見せなかった。そんな姉を守ると決めたのだから、この程度の事で泣く訳にはいかない。

「っ……ふ……」

込み上げる嗚咽を淳は必死に堪え、ベッドに潜り込んだ。

翌日の夜は流石に抱かれなかったが、ベッドから起きて動けるようになるとごく自然に司郎から体を求められた。約束がある以上、淳は司郎に逆らえない。

しかし不思議なことに、司郎は淳を決して乱暴には扱わなかった。深く愛し合いやっと添い遂げた妻にするかのように、とろけるような愛撫を施すのだ。

これが痛みであれば、まだ耐えられただろう。しかし濃厚な愛撫を受けると、性的な経験のない淳の体は簡単に陥落してしまうのだ。

初めて体を要求されてから十日も経《た》つと、淳の体は司郎の手で中心を扱かれ達しても後孔に雄を受け入れないと落ち着かない程に、開発されてしまった。

性的な事には淡泊で、恋人も作らなかった自分がここまで快楽に弱いと知り、少なからず淳はショックを受けている。

――これからどうなるんだろう。

淫《みだ》らになってしまった体もそうだが、司郎が自分に飽きたときのことを考えると鼻の奥がつんとなって泣きそうになる。部屋の窓越しに庭を眺めていた淳は、ふと溜息を漏らす。昨夜は初めて自分から腰を振り、司郎の動きに合わせて達してしまった。姉の代わりと言っても、いずれは司郎も飽きるだろう。

そうなった時、自分は司郎なしで夜を過ごせるのか不安になる。

「淳様、お茶が入りましたよ。今日は焙《ほう》じ茶にしてみました。確か、お好きでしたよね？」

「すみません。用意してもらって」

背後から木村に声をかけられ、淳は笑顔を作って振り返る。

昼の間、司郎は仕事で屋敷にいない。抱かれてから数日は一人で部屋に籠もっていたが、流石に使用人達は客である淳が心配になったらしく、さり気なく様子を見に来てくれるようになった。中でも代々上倉家に仕えていると言う執事の木村は、孫ほども歳の離れた淳を、色々と気遣ってくれる。

「本当に、淳様は謙虚な方ですね」

「そんなこと、ありません」

「司郎様も、淳様がいらしてから表情が明るくなって、本当に安心しました。若くして上倉の頂点に立たれたせいか、気苦労が多くてここ数年は笑う事もなかったんですよ」

屋敷に来てから2週間程経っているので、木村以外にも気軽に話のできる相手は何人かいる。けれどまさか『司郎に毎晩抱かれている』などと、悩みを打ち明けるわけにもいかない。

しかし木村は、二人の関係に薄々気付いている様子だ。深く追及してこないのは、その関係が良好だと勘違いをしているせいだろう。あえて真実を告げて、この老人の心を傷付けるのも気が引けるので、淳は笑って誤魔化すようにしている。

「やっと時田家と繋がりが持てて、先代も喜んでいますよ」

「先代って、司郎さんのお父さんですか?」

確か司郎の両親は、スイスで暮らしていると聞いていた。家の事情は分からないけれど、司郎と木村の話から察すると、家族仲は良いらしい。長い間探していた時田家の長男が本宅に滞在している事を知っているのは、当然とも言える。だが問題は、事実をどれだけ把握しているかという点だ。

「そうですよ。淳様がこちらに滞在していると知って、大変お喜びになっております」

「でも……どうしてそんなに拘《こだわ》るんですか？　うちにはもう財産なんてないし、上倉家から見たら何の価値もないと思うんですけど」

淳はずっと考えてきた疑問を、思い切って木村に告げてみる。親戚関係になりたいと言っても、落ちぶれた時田家と、現在も政財界に影響力を持つ上倉家ではつり合わない。

司郎に尋ねてみようとした事もあるが、彼は姉が好きで時田家と関わりを持ちたがっているのだから、本来の答えを返してくれないだろう。

「そんな悲しい事を、おっしゃらないで下さい」

それまで柔和な笑みをたたえていた木村が、不意に真顔になる。

「古くから時田家と上倉家は、商家には珍しく利害を超えた交友があったのですよ。時に支え合い、励まし合って、幾多の苦難を乗り越えてきた。私の一族も上倉家の番頭として、長年使えてきたのです」

上倉家だけでなく、家に仕える使用人達も時田家を心配していたのだと彼の口ぶりから察する。そんな彼らの思いを結果として踏みにじってしまったことに、淳は胸が痛んだ。

でも自分は、やっぱり姉の美雪に幸せになって欲しいと思う。

「長い歴史の中で、上倉が傾きかけた事の方が多かったと記録にあるほどなんです。しかし上倉家は、その恩を返せなかったばかりでなく、両家の婚姻すらも上倉側の親族の口出しで、何度か破談になったと……」

流石に喋《しゃべ》りすぎたと気付いたのか、木村は慌てて口を噤む。

「そうですか、そんな理由があったんですね。教えてくれて、ありがとうございます」

きっと上倉を継いできた人は、皆義理堅い性格だったのだろう。それが現代まで続いて来たのだから、昔は相当両家は親密な仲だったに違いない。

そうなると、多少の問題はあっても上倉家が時田家と繋がろうとするのは明白だ。

——今は僕がいるからお姉ちゃんには何もしないけど、もし司郎さんが僕に飽きたら……。

嫌な考えが、頭を過ぎる。しかし今の淳には、司郎の言いなりになるしか姉を守る方法はないのだ。

「淳様、お茶が冷めてしまいますよ」

「あ、はい」

勧められて、淳は湯飲みを手に取る。暖かな焙じ茶を飲んでも、胸の奥は冷えたままだった。

司郎は帰宅すると、必ず淳と共に夕食を取り、他愛のない会話を楽しむ。まるで本当の兄弟のような二人を、執事とメイド達は微笑ましく見守る。

けれどそんな穏やかな関係も、寝室に足を踏み入れた途端に豹変する。司郎は淳を強く抱き締め、唇を奪うのだ。そのままベッドに倒される日もあれば、バスルームで交わる日もある。

今日はバスルームで一度受け入れてから、淳はベッドへと連れて行かれた。

快楽で火照った肌に、冷たいシーツが心地よく感じられる。けれどそんな心地よさに浸る間もなく、淳は俯《うつぶ》せにされた。

「腰を上げなさい」

言われたとおり膝《ひざ》を立てて腰を突き出すと、硬く張り詰めた司郎の雄が後孔にあてがわれる。先程中に射精されたばかりなので、後孔は濡れそぼっていた。

「んっあ……」

背後から貫かれ、淳は獣の体位で喘ぐ。初めて抱かれてからまだ二週間ほどだが、司郎の丁寧な愛撫を受けて、体は急激に開発されていた。

「腹に力を入れて、締め付けるんだ。そう…良い子だ」

「んっふ…ぁ……」

蜜が先端から滴《したた》り、シーツを汚す。

――また、イきそう……。

前に回された司郎の手が、敏感な先端を弄る。首筋に、司郎の息が掛かった。

「我慢せずに、出せばいい」

「んっく……あっ」

裏筋をつっと撫でられただけで、淳はとろりとした蜜を放つ。どんなに乱れていても、司郎は淳の状態を見極め、決して無理は強《し》いない。初めての夜は流石に司郎も加減が分からなかったようだが、その後は淳がベッドから起き上がれないという事態には一度も至っていなかった。

「しろう、さん…っぅ」

程なく、淳の最奥に司郎の熱が放たれた。

敏感な内部は、彼の精液を浴びせられて、歓喜に震える。支える力をなくしてベッドに横たわった淳の中から、司郎が萎えた雄をゆっくりと引き出す。

「あっ」

「まだ足りないか?」

「……いりません」

艶を含んだ溜息を司郎に聞かれてしまい、淳は気恥ずかしさを誤魔化すように俯《うつむ》いて首を横に振る。

「そうか、それは残念だな」

苦笑しながら、司郎が持ってきたバスタオルで淳の肌に散った精液を拭い始めた。セックスは強引で、司郎の主導で進むけれど、基本的に彼は淳を優しく扱ってくれる。姉の代わりだからだと頭では分かっていても、ここまで優しくされると何だか淳自身を気遣ってくれているような錯覚に陥る。

確かに、司郎は淳のことも嫌いではないのだろう。でも恋人に向ける愛情と、庇護《ひご》の感情の違いくらい淳にだって分かる。

――それでも何か、変な気分になる。どうしてだろう。

淳も長年司郎の事を慕っていたし、できるならこんな関係になる前の状態に戻りたいと願っている。けれど不思議なもので、理不尽な性行為にも拘らず、献身的とも言える愛撫と優しさを毎晩受ける間に、辛い気持ちは薄れ始めてきていた。

――でも僕は男だし。大体、司郎さんが好きなのはお姉ちゃんなんだから……。

そう考えると、胸の奥が痛む。はっきりとした確証はないが、それは危険な兆候だと淳は朧気に感じるけれど、何が危険なのかが分からないから困ってしまう。

「淳？」

眉間《みけん》に皺を寄せて黙り込んだ淳の顔を、司郎が覗《のぞ》き込んでくる。

「無理をさせたかな？」

「そうじゃありません……ちょっと、考え事してただけ……ンッ」

体内に残っていた精の残滓《ざんし》を丁寧に拭われ、淳は快感を逸《そ》らそうとして息を詰めた。

「そんなに締め付けたら、掻き出せないよ」

耳元で低い声が、消えかけていた劣情を煽る。一瞬誘惑に負けそうになったけれど、淳はシーツを握りしめて必死に堪えた。

「……あの、お願いがあるんですけど」

何時《いつ》か言おうと機会を窺っていたのは本当だから、淳は思い切って聞いてみる。

「なんだい？」

「そろそろ、アパートに戻ってもいいですか？　入居してすぐにこっちに来たから、荷ほどきも終わってないんです」

まっとうな主張をしている筈なのに、司郎の眉間に皺が刻まれる。

「僕が司郎さんの命令を何でも聞くって事は証明できたと思うんです。司郎さんが連絡をくれれば、いつでもここに来ます」

「どうして、戻る必要がある？」

心底不思議そうに返され、淳は面食らった。

「だって、大学が始まるし。バイトもしないと、アパートの家賃が払えなくなって追い出されます。一ヵ月四万の安アパートだけど、あそこを追い出されたら本当に行くところなくなるんです。奨学金だって卒業したら返済しないといけないし、今から働いて少しでも貯金しないと」

裕福な司郎には、そのあたりの事情が分からないのかと思い、淳は丁寧に説明する。しかし司郎は憮然《ぶぜん》とした表情を崩さず、想像もしていなかった事を口にした。

「大学には休学届を出してあるから、気にしなくていい。バイトも辞めると伝えてあるし、アパートも三日前に引き払ってある」

「引き払ったって……どういう事ですか！」

いくら『何でも命令を聞く』という約束があっても、淳の意見を無視してそこまでする権利はないはずだ。

「説明して下さい、司郎さん！」

「私は、君のことしか考えていないよ」

「そうやって誤魔化さないでくださいっ」

食って掛かる淳に、司郎は冷静な眼差しを向けている。

「全て淳の事を思って、私がした事だ」

初めて淳は、司郎との間にある見えない溝を感じた。

これまでも生活環境の違いから来る考え方の相違に、戸惑った事は何度もあった。けれどそれらは笑ってすませられる程度のものだったから、特に淳は意識していなかった。

――司郎さんからしたら、僕は言うことを聞く人形みたいな認識なんだ。

そうでなければ、こんな酷い真似はできない。

大財閥のトップである司郎からすれば、淳などどうにでもできる存在なのだろう。事実、彼は淳の了解を取らず、勝手に休学届を出しアパートまでも引き払ってしまった。

手続きに必要になる判子や書類をどうしたのかは、淳にも分からない。だが現実に、司郎はそれらをやってのけた。

言葉を失った淳の前で、司郎が先程脱ぎ捨てた服に袖《そで》を通す。淳が怒っている事すら気付いていないのか、彼は無表情のままだ。

「少し落ち着きなさい、朝に説明をするから……」

「出て行って下さい」

「淳？」

「今……司郎さんの顔、見ていたくない」

絞り出すように言って、淳は司郎に背を向ける。本当は殴りたかったが、これまで司郎から受けた援助の事を考えて、淳は感情の爆発を必死に抑えた。

「分かった。私の話を聞く気になったら、ベルで私を呼ぶんだよ。いいね」

司郎が部屋を出て行くと、淳は壁に掛けられた時計を見上げる。時刻は深夜一時を回っていた。

「明日は木曜だから、司郎さんは仕事のはず」

呟いて淳は立ち上がり、クローゼットを開ける。

この屋敷に滞在し始めてから、服は司郎が買い与えてくれた物を着ていた。だからあの日着てきた服は、ずっと仕舞われっぱなしになっている。ジーンズのポケットを探ると、使い古した財布がそのまま入っていた。

「勝手に出たら怒られるけど……」

薄い財布を握り締め、淳は唇を噛んだ。


翌朝、まだ早い時刻。淳はそっと上倉邸を抜け出した。流石に寒いので、黒のダッフルコートを羽織っているが、ジーンズはこの家に来たときの物を着ている。

司郎から与えられた服はシンプルだが、高級品と一目で分かる物だ。淳でも分かるのだから、アパートへ戻った際に近所の人に見られれば好奇の目で見られるのは確実だろう。

——コートはちょっと奮発したって言えば言い訳できるけど、全身ブランドは絶対噂《うわさ》される。

以前姉から『ご近所ネットワークを甘く見るな』と散々言われており、無駄に目立つことがないようひっそりと暮らしていた。新居も分相応のアパートを選んだのに、服装が目立っては元も子もない。

淳は屋敷の裏口から出て、門へ続く道を駆け抜けた。

門から外へ出なければ自由に歩き回って良いと言われていたので、守衛や警備員達とも顔見知りになっている。彼等は淳が司郎の客人だと承知しているので、『ちょっと用があるから、出かけてきます。司郎さんには、許可をもらってます』と言ったら、何の疑問も持たずに門を開けてくれた。

嘘をつくのに罪悪感はあったが、それ以上にアパートへ戻りたい気持ちの方が勝っていた。

――もう始発は動いてるから、アパートに行って荷物探しても昼には戻れるかな。司郎さんに気付かれる前に帰れれば、問題ないだろうし。

絶対的な権力を持つ司郎に、正面から逆らっても無意味だ。だったらせめて、アパートに残してきた荷物が処分される前に、思い出の品だけでも持ち帰ろうと淳は考えたのである。

幸い大家とは知り合いだから、直ぐに淳の荷物を捨てたりはしていないだろう。

――とにかく、いきなり契約切った事を謝って。荷物の引き渡ししてもらってあとは……そうだ、安い貸倉庫があればそっちに移してもらおう。定期預金解約しないとお金がないけど、仕方ないか。

電車の中で、淳はこれからの事をあれこれと思案する。貯金も頼れる人脈もない淳にできることといえば、非常に限られたものになる。それでも、全て司郎の言いなりになるのは嫌だったから、こうして屋敷を抜け出したのだ。

電車を乗り継ぎ、一時間ほどかけて淳はアパートの最寄り駅に到着した。丁度通勤ラッシュが始まる直前なので、人波とは逆の方向に歩いていく。見慣れた町並みにほっとしたのも束の間、淳は角を曲がった瞬間、目を疑った。

「うそっ」

細い路地の奥に建っていた筈のアパートは、綺麗さっぱりなくなっていたのである。更地にされたアパート跡地に駆け寄ると、端に看板が立てられているのが見えた。

「『上倉建設、マンション予定地』……って、どういう事だよ!」

思わず叫ぶと、丁度隣のアパートからゴミ袋を持って出てきた中年の主婦が、怪訝そうに立ち止まる。

「何か用があるの？　そこの大家さん引っ越したから、不動産屋に行った方が早いよ」

「引っ越したって、本当ですか？　どこに行ったか、知ってたら教えて下さい」

詰め寄る淳の勢いに、主婦は後退《あとずさ》りながらも答えてくれる。

「マンションができるまでは、沖縄の親戚の所に世話になるって言ってたね。ほら、この一帯あの大家の持ち物でしょう。それがこの一週間で、上倉建設に買い占められて、大きなマンションを建てる事になったのよ。うちも新しいマンションに入居が決まってるけど、それまでは仮の家に引っ越さないといけなくてね。大忙しよ」

「じゃあ……あの、アパートに残った荷物は」

「荷物？　ああ、住んでた人達が残していった粗大ゴミは、昨日解体業者がまとめて処分したみたいよ」

「そう、ですか……」

主婦は呆然とする淳を残し、ゴミ出しをするとまた出てきたアパートへ戻って行った。

——お姉ちゃんとの写真も、父さんと母さんの位牌も……全部ゴミにされたってこと？

怒りと悲しみが混ざり合った感情が、込み上げてくる。こんなに酷い行いを平然とやってのけた司郎を、自分は今まで憧れの存在として見ていたのだ。姉の身代わりとして抱かれたのは、まだ我慢ができた。けれど家族との思い出を踏みにじる行為は、とても許せない。

「淳！」

俯いて立ち尽くす淳の耳に、背後からよく知る声が聞こえてきた。振り返った淳は、真っ直ぐに司郎を睨み付ける。

「どうして……」

「君が行く所は、ここしかないだろう。見てのとおり、君の戻る場所はなくなった。淳、私の家に戻るんだ」

近付いてきた司郎が、手を差し伸べる。しかし淳は、その手を振り払った。

「嫌です！　あなた所には、もう戻らない！」

「君は私の言う事を、何でも聞くと言っただろう」

あんまりな言いように、淳は我を忘れて司郎に摑みかかった。仕立ての良いスーツを摑み、大声で怒鳴る。

「確かに僕達姉弟は、あなたの世話になってきました！　けれど思い出を捨てられて、黙っているほど僕はお人好《ひとよ》しじゃありません！　司郎さんが、こんな最低な人間だと思いませんでした」

憤りをそのまま口にすると、何故か司郎は薄く笑った。

「何が可笑《おか》しいんですか」

「君が私を良い人だと、勝手に思い込んでいただけだろう。私は元からこういう性格だ。欲しいものは、どんな手段を使ってでも手に入れる」

司郎が淳の手を摑み、素早く捻《ひね》り上げる。

「っ……」

「悪い子には、相応の罰を与えないといけないな」

半ば引きずられるようにして、淳は司郎に連れられ路地を出る。

大通りには、彼が仕事で使う黒塗りのベンツが待っていた。淳は司郎の腕に抱えられたまま、後部座席に押し込まれる。

「戻れ」

「しかし、社長。本日は会議が……」

「構わん。ほぼ決定している話だから、専務達だけで十分だ。後で議事録を提出させればいい」

「畏まりました」

運転手はこれ以上司郎の怒りを買いたくないのか、黙ってアクセルを踏み込む。

淳はちらと、司郎の横顔を見上げる。その表情は酷く冷徹だった。


屋敷に連れ戻された淳は、それまでの客室ではなく司郎の私室へと連れて行かれた。

何度も逃げようとして暴れたけれど、司郎の力には敵《かな》わず、まるで物のように彼のベッドに突き飛ばされた。

「嘘をついてまで、外へ出た罰だ」

乱暴に淳の服を剥《は》ぎ取り、司郎が覆い被さってくる。これまでのような愛撫は一切なく、完全に犯す事が目的だと分かり、淳は必死に藻掻いて抵抗を試みた。

「こんな、やめてっ……」

裸にされ、組敷かれても淳は気丈に司郎を睨む。

「そうやって逃げる姿は、男の征服欲を煽るだけだぞ」

「嫌っ……止めてください！」

淳を押さえつけたまま、司郎が器用に己のスラックスをはだける。

「大分慣れてきたが、力を抜かないと裂けるかもしれないな」

怖ろしい言葉に、淳の背筋を冷たい物が伝う。恐怖に顔を歪《ゆが》めた淳の両脚を、司郎が構わず広げた。

「っや、本当にだめっ」

まるで恐怖心を煽るように、雄を淳の内股《うちもも》に擦り付け勃起させる。しかし決して、淳の中心と彼の雄が触れ合うことはない。強引に押し入ってくる雄に、体が軋《きし》んで悲鳴を上げる。

愛撫も後孔を慣らす事も、一切ない。

唯一、司郎の先端に滲んだ先走りだけが潤滑剤代わりだが、その程度で痛みがなくなる筈もなかった。

「痛っ……お願い……抜いて…」

力ずくで押し込まれた剛直が、淳の内部を犯す。痛みの余り気を失いかけたけれど、不意に奥がじんと疼いた。

「そう言うわりに、ココは食い締めて離さないな。昨夜《ゆうべ》のだけでは、やはり物足りなかったか」

「ん、っ」

感じる部分を小刻みに突かれて、内部がきゅうっと窄まる。

「すっかり私のモノに馴染んだようだね」

乱暴に揺さぶられても、体は快楽を追い続ける。

——犯されてるのに……悦《よろこ》んでる。

雄の動きに合わせて、内部がひくひくと蠕動《ぜんどう》する。淳に自覚があるのだから、雄をねじ込んでいる司郎にはダイレクトに伝わっている筈だ。その証拠に、司郎は意地の悪い笑みを浮かべる。

「淫乱な体で、これからどうするつもりだったんだ？　私から逃げたら、行く先はないんだろう？」

性欲を満たす物の様に扱われているのに、体は反応してしまう。

「やっ…ひ、ッ」

逃げるつもりではなかったと釈明したかったが、唇から零れるのは甘い悲鳴ばかり。

弱い場所を狙って蹂躙する司郎の動きに合わせて、腰が揺らめく。これでは淫乱と言われても、仕方がない。

——うそ、後ろだけで…勃《た》って…。

「それとも、この淫らな体を使って働くつもりだったのか？」

蔑《さげす》むように言われて、淳は羞恥と怒りで真っ赤になる。こんな風になったのは、全て司郎のせいだ。

なのに、これでは初めから淳がいやらしい体だったように聞こえる。

「ちが……ああっ」

張り出したカリが前立腺を刺激し、たまらず淳は司郎に縋り付いた。きっちりとスーツを着たままの司郎に犯され、喘いで乱れる自分は酷く淫らだと思う。

――そうだ…司郎さん会議があったのに……俺を気にして…探しに来たの？

一瞬、意識が快感から逸れた。

しかしすぐ、深い場所を擦られて淳は快楽の波に引きずり込まれた。

「ひ、ぅ」

腰が跳ねて、勃起した中心が司郎の下腹部と擦れ合う。その摩擦で、淳は蜜を迸らせた。

淳が達してもまだ、埋められた雄は硬く、内部を蹂躙し続ける。

「…ぁ…あ…」

男の動きに合わせて、掠《かす》れた声が僅かに零れる。持続する快感が怖くて、淳は無意識に司郎の肩に顔を埋めて訴える。

「…や…もう…やだ…」

「何も考えるな。私だけを見ていろ」

耳元で囁かれた司郎の言葉は、やけに悲しい声だった。


勝手に出て行った事を相当怒っているらしく、司郎は淳に外出禁止命令だけではなく、彼の部屋から出ることすら禁じた。

何度か木村が進言していたようだけれど、司郎は一切聞く耳を持たず、結果として使用人達が淳と接触することさえ制限するようになってしまった。食事さえも、ワゴンで部屋に運ばせ、メイドが退室してから食べるようにと命じた程だ。

淳は木村から謝罪されたが、彼が悪いわけではないのは十分承知している。なので淳は、『これ以上司郎の機嫌を損ねると、自分だけでなくみんなにも理不尽な命令が下されるかも知れないから』と言って、自分から木村達と喋らないように心がける事にした。

だが、司郎の怒りが解ける気配は一向にない。

「――いい子にしていたかな。淳」

パジャマの上着を羽織っただけの淳は、のろのろとベッドの上に起き上がる。この数日、窓を閉め切った部屋で嬲られ続けているので、時間の感覚が曖昧だ。

「しろう、さん……」

出社前に、司郎は淳の性器に小指の先程のローターをくくりつけていった。それはタイマーで作動するらしく、数時間に一度激しい振動をする。強制的な快感に耐えられず、淳は玩具が動き始めると自慰をして処理するしかない。

しかし後孔でイく事を覚えてしまった体には、焦れったい熱が蓄積されていく。何度か自分の指で中を弄ろうとしてみたけれど、どうしても怖くてできない。それを司郎も分かっていて、わざと性器だけに快感を与えているのだ。

「淳、私が戻る前に薬を飲んでおくように木村へ言づけていた筈だが？」

ベッドの側にあるテーブルには、錠剤と水の入ったコップが置かれている。

数日前にも飲まされたから、淳はそれが体を強制的に発情させる媚薬《びやく》だと分かっていた。

「副作用もない、安全なものだよ。嫌なら今夜は玩具だけで過ごしてもらう事になるが……」

「飲みます。飲むから……司郎さんが、して」

淳は手を伸ばし薬を掴むと、水と共に飲み込んだ。遅効性の薬なので、効き始めるのは一時間ほど経ってからだ。

勝手に家を出た日以来、司郎は媚薬を使ったり、あるいは玩具で嬲るようにもなった。彼が仕事に行かない日は一日中、弄ばれる事もある。

「そんなにバイブが嫌なのか？　君の中はあれを挿れると、とても悦んでいたからてっきり気に入ったのかと思っていたよ」

言葉で辱められ、淳は目尻に浮かぶ涙を隠そうとして俯く。

男性器を模した玩具を後孔に押し込まれて、司郎の性器を口淫したりもした。酷い事をされているのに、せめて司郎に犯されたいと願ってしまう自分がよく分からない。

「淳、脚を開きなさい。ローターを取ってあげよう。そうしたら教えたとおりに、ローションを自分の手で塗るんだ。できるね？」

「……はい」

命じられるままに、淳は恥ずかしい行為を受け入れるしかない。

恥じらう気持ちとは反対に、体は淫らに変化している。その証拠に、ローションのキャップを外し、自分の手で後孔の周囲に液体を塗《まぶ》すと、更なる快感を期待した最奥がじわりと疼く。

「君がこんなに淫らだとは、思っていなかったよ」

否定なんてできないほどに、淳の体は開発されてしまっていた。媚薬のせいで自身に熱が籠もり、後孔が物欲しげにひくつく。

「お願いします。司郎さん……挿れて」

自ら両膝を抱えて左右に開き、雄を求めて腰を上げる。無防備な姿で全てを曝し、淳は拙《つたな》く司郎を誘う。

「よくできたね。ご褒美をあげよう」

「あっ……ああっ」

剛直が一気に、淳の後孔を貫く。

それだけで淳は、先端から蜜を迸らせた。

気の済むまで蹂躙すると、司郎は寝室を出て行く。隣の書斎に居るらしいが、何をしているのかは厚いドアが邪魔をしているので分からない。

——このまま…壊されるまで……閉じ込められるのかな。

汗と精液にまみれたまま、淳は暗い天井を見上げる。脚の付け根は司郎の精液で汚れているが、拭う気力もない。

——司郎さんが、こんな人だったなんて……。

数日前まで、深い愛撫を受けていたのが嘘のようだ。確かに約束を破った淳にも非はあるけれど、こんな扱いをされる程の事はしていないはずだ。

——もう嫌だ…。

逃げ出したいけれど、その術はない。それに逃げても、司郎は自分を探し出すだろう。そして今度は、姉まで巻き込むことになる可能性がある。

蹂躙で疲れ切った体は、思考すら覚束無くなる。睡魔に負けて、半ば気絶するように淳は瞼《まぶた》を閉じた。

あれから何日過ぎたのか、もう分からない。淳は喉《のど》の渇きを覚えて、ぼうっとしたまま瞼を開けた。

——水、飲みたい。

昨日から司郎は、行為が終わると動けない淳の体をタオルで拭いてくれるようになった。気まぐれだと思うけれど、労るような手の動きに嬉しいと感じている自分がいる。

そのせいか、淳の心に『改めて司郎と話がしたい』という気持ちが生じ始めていた。話したところで何の解決にもならない可能性が高い。

しかし、このまま快楽だけで繋がる関係は嫌だった。

ふと隣室に繋がる扉へ視線を向けると、灯《あか》りが漏れているのが見える。

——司郎さん、まだ起きてるんだ。

彼と初めて出会った日の思い出。そして再会した時のこと。温かい彼の笑顔を見ることは、もうないだろうと思うと、涙がこみ上げてくる。

「……どうして、こんな事になっちゃったんだろう」

その時、寝室と書斎を隔てるドアが開いた。

「淳、寝たのか？」

話をするチャンスが来たと思ったけれど、どうしても勇気が出ない。淳は、咄嗟に寝たふりをしてしまう。

「淳？」

ゆっくりと近付く気配に、体が恐怖で強張《こわば》る。だが幸いなことに、司郎は灯りをつけないまま側に来たので、緊張を悟られはしなかった。

——なに……？

司郎が無言で、淳の髪を撫でた。

そして、そっと顔を寄せてくる。

目を閉じていても、彼が自分の顔を凝視しているのが感じられる。

「愛してる」

唇を重ねたまま、司郎が囁く。

——今、なんて……。

「世界中の誰よりも、愛しているんだ」

これが自分へ向けられた言葉なら、どれだけ嬉しかっただろう。しかし、淳は司郎の言葉が姉に向けられていると分かっている。

以前姉と暮らしているときに、美雪の職場の友達を泊めたことがあった。淳は寝ていて気がつかなかったが、朝になって『寝顔がそっくり』だとからかわれた事もある。

——そんなにお姉ちゃんが、好きなんだ。

きっと司郎は、淳に意識がある間は憎しみをぶつけ、眠ってからこれまでのように美雪に対する擬似的な愛情を向けていたのだろう。

切なく一途な彼の想いは、姉に届くことはないのだ。

無駄だと言って、嘲笑《あざわら》ってやれば少しは気が晴れるかもしれない。でも淳は、司郎に対して、追い詰めるような真似をする気にはなれなかった。それは姉の事を思い遣っているからではなく、彼の胸の痛みが分かる気がしたせいだ。

——恋愛なんてしたことないのに。どうしてだろう。

口づけは、淳の呼吸を妨げないように、角度を変えて何度も繰り返される。甘い心地よさに、淳はいつしか眠ってしまった。


姉から手紙が届いたのは、それから数日後の事だった。

勝手に転居届も出されていたらしく、手紙は木村が郵便局員から受け取って、監禁状態の淳に届けてくれた。

手紙に関して司郎は特に何も言っていないようで、封を切られた形跡はない。淳は部屋のソファに座ると、手紙を手に溜息を吐く。

――最低限のプライバシーは尊重してくれてるんだ。

今更そんな気遣いをされても、嬉しくない。

淳は封を切ると、中の手紙を読み始めた。当然姉は、淳が司郎の管理下に置かれているなど知らない。だから文面は、新婚旅行での出来事と、新居の使い勝手の報告など他愛ない内容に終始している。

「お姉ちゃん、元気そうでよかった。石田さんは、すっかり尻に敷かれてるみたいだけど、大丈夫かな？」

手紙は『落ち着いたら、電話をする』と締めくくられていた。その電話をかけた時、姉は淳の異変に気付くだろう。

繋がらない電話、あるいは司郎が何かしら手を回し、上倉家の番号を姉に届けるかもしれない。もし淳が身代わりとして陵辱されていると知ったら、姉の性格上黙っている筈がない。

単身帰国して、上倉家に乗り込んでくる可能性だってある。

「電話するなって、手紙書こうかな」

無意識に呟いた言葉に、淳は驚いた。確かに当初の目的は、姉を司郎から守るためだった。

今もその気持ちは、変わっていない。

けれど心の端に、違う感情が生まれたことを淳は自覚する。

――僕いま、何を考えてた？

姉がここに来れば、司郎は姉を選ぶ。それは、当然のことだ。けれど淳の心は、司郎が姉を抱き締める姿を想像しただけで、引っ掻かれたような痛みを覚えた。

監禁され、陵辱される姿を知らずにいてほしいが、それは姉を思い遣っているからか、それとも司郎との関係を壊されたくないからか、分からなくなってくる。

――毎晩酷いことされて、荷物だって全部捨てられたのに……どうして俺は、司郎さんの事を考えてるんだ？

毎夜、司郎は淳が寝入ったのを確認すると、恋人にするような口づけをしてくれる。それに気付いてしまってから、淳はわざと寝たふりをして彼のキスを待つようになった。

初めは額や頬に触れるだけのものが、最近では淳が起きないと分かると唇を開かせて舌を舐《な》めてくる。

淳も寝ぼけている振りをして応えると、呼吸が乱れるまで深い口づけが続けられるのだ。甘く、丁寧に口内を貪《むさぼ》るキスを思い出して、淳の下腹部がきゅんと疼く。

司郎は自分を姉と思って口づけていると分かっているのに、唇が触れると頬が火照った。この頃は唇だけでなく、全身の至る所へ口づけてくる。

思い出すと、肌が粟立《あわだ》つ。嫌悪ではなく、それは明らかに快感のせいだった。

――何か変だよ。司郎さんに会ってから、僕……自分のことが分からなくなってる。

淳を守り、育ててくれた姉の事は心から大切に思う。

けれど司郎の存在は、嫌悪すべき相手にもかかわらず、未《いま》だ『憧れ』とか『尊敬』といった括《くく》りの中に入っているのだ。

その証拠に、あのハンカチを、淳は未だ手元に置いている。

――司郎さんとのセックスで、変になってるのかな。

扱いは既に、肉玩具だと淳は思う。司郎の欲望を受け止め、処理するだけの存在。それでも感じてしまう自分が情けなくて、淳は司郎が居ない昼の間はずっと思い悩んでいる。ただ陵辱されるだけなら、憎むことは簡単だったはず。

でもあのキスと、もう一つ、セックスの終わりに司郎が垣間見せる悲しげな表情に気付いてしまってから、淳の心はゆっくりと追い詰められていた。

――司郎さんが悲しい表情をしてるのは、嫌だ。

姉と司郎が結ばれていれば、今頃は皆で笑っていられたはず。けれどそれはもう、有り得ない未来だ。

淳は手紙を封筒に戻し、ソファに横たわると瞼を閉じる。いつも元気づけてくれた姉の笑顔を思い出そうとしたけれど、瞼の裏に浮かんだのは司郎の冷たい眼差しだけだった。

代わり映えのない日々が、ゆっくりと過ぎていった。昼は何をする訳でもなく、淳はぼんやりとソファに座り用意された食事を取る。そして司郎が帰宅して、雑務を済ませると彼の欲望を満たすために脚を開く。

いつの間にか、二人の間には会話がなくなり、沈黙する時間が多くなった。

——そろそろ、飽きてきたのかな。

司郎の居ない部屋で、淳は姉からの手紙とハンカチを見つめながら考える。

——でも……セックスはするし……彼女作る気ないみたいだし。

上倉のトップであるにも拘わらず、司郎が残業する日は滅多にない。立場上、接待などがあってもおかしくないが、アルコールの匂いをさせて帰宅したことも、土日に出かけることすらないのだ。

——司郎さんお酒、弱いのかな。別にどうでもいいけど。

話し相手がいないので、つまらない事ばかりを繰り返し考えてしまう。

何気なくハンカチを手に取り、窓から差し込む日に透かしてみる。最近は淳が抗《あらが》わなくなったので、窓を開けることだけは許可されていた。

いつ司郎に返してもいいように、淳は使いもしないのに姉の目を盗んで洗濯をし、アイロンをかけた。十年もそんな事をしてきたので、ハンカチの端は綻《ほころ》びてきている。

「そうだ。これ……返さないと」

「誰に、返すんだ？」

背後から伸ばされた手が、いきなりハンカチを奪い取った。突然の出来事に驚いて振り返ると、帰宅したばかりといった様子の司郎が立っていた。

――どうして？　まだ会社にいる時間なのに。

淳の疑問を表情から読み取ったのか、司郎が肩を竦める。

「君の事が気になってね。虫の知らせというヤツかな？　ともかく、妙な物を見つけることができて良かった」

「待って下さい、それは……」

持ち主の手に戻ったけれど、これは淳が望んだ戻り方ではない。何か言わなければと思い焦るが、どこから説明すればいいのか分からず言葉が出てこない。

ソファから立ち上がり思わず手を伸ばすと、司郎に手首を摑まれる。

「誰の物だ？　女性が持つ柄ではないから、美雪さんのではないな。正直に言いなさい」

どうやら司郎は、それが淳の涙を拭いたハンカチだと気付いていないらしい。十年も前に渡された物だから、忘れていて当然だ。

言葉に詰まった淳に苛立《いらだ》ちを覚えたのか、司郎はそれを屑籠《くずかご》へ投げ入れた。

「司郎さん！　これだけは捨てないで下さい！　お願いします！」

「そんなに、大切な物なのか？」

問いかけに、淳は一呼吸置いてから頷く。

どんなに酷い扱いを受けても捨てられなかったのは、司郎に対して特別な想いがあったからだ。

しかし司郎の答えに、淳は愕然となる。

「だったら尚更《なおさら》、君が執着する物を置いておけない」

胸の奥が冷え、淳は足下が崩れるような錯覚を覚えた。

「俺の大切にしていた思い出も写真も、両親の位牌も全部捨てたんだから、もう十分でしょう。それ、司郎さんのハンカチで……返そうと思ってたけど、こんな形で返すの嫌で、だから僕……返して下さい…」

心に思い浮かぶまま、とりとめなく呟き、淳はずるずると床に座り込む。自分でも辻褄《つじつま》の合わない事を言っていると頭では分かっていた。きっと司郎も、呆れている事だろう。

「淳」

ぼんやりと空を見つめる淳の瞳から、ぼろぼろと涙があふれ出す。

「司郎さんがお姉ちゃんのこと今でも好きなのは、分かってます。でももうお姉ちゃんは結婚したんです……僕で身代わりになるなら、いくらでも抱いて下さい。そのかわりに、お願いだから返して……」

苦しい時も悲しいときも、姉とこのハンカチがあったから淳は前向きに生きられた。姉が結婚して自分の側を去った今、淳の支えは司郎のハンカチだけなのだ。

たとえ司郎が自分を憎み、性欲処理の道具として扱っても、過去の優しささえあれば淳には十分だった。

「僕は、平気だから……司郎さんのハンカチがあれば、何されても大丈夫なんです」

胸の奥が痛いのを我慢して、淳は笑顔を作る。司郎が暫し呆然と淳を見つめてから、ゆっくりと跪《ひざまず》く。

——司郎さん……どうして苦しそうな顔、してるんだろう？

疑問を口にする前に、司郎が先に口を開いた。

「落ち着きなさい。淳の持ち物は、何一つ処分していないよ」

「え……」

座り込んだ淳の肩を、司郎が優しく抱き締める。そして昔と同じように、無意識のうちに零れていた涙を、手にした新しいハンカチで拭ってくれた。

「アパートを引き払った際に、倉庫に全て移しておいた。言ってなかったか？　あのアパートを壊したのも、耐震強度が基準に達していないと分かったから、うちのグループが買い取ったんだよ。あんな危険な所に、君を帰すわけにはいかないからね」

「……聞いてません」

首を横に振ると、司郎は初めて気まずそうな表情を見せた。

淳の知る、堂々とした顔でも、冷徹な表情でもない、普通の男の顔だ。恋人に不満をぶつけられ、ショックを受けているようだと表現してもいいくらいだ。

「すまない、私のミスだ。あの時は、忙しくしていたからつい言い忘れてしまった。君を傷付けるような真似をして、本当に悪かった」

「司郎、さん？」

ハンカチの代わりに、今度は司郎の唇が淳の涙を拭う。

「それと私がいつ、彼女を愛していると言った？」

「だって、俺は身代わりで」

「とりあえず、初めから話をした方が早いな」

言葉を遮ると、司郎は淳の腰を抱いて立ち上がらせ、ソファへと誘う。何故か促されるまま彼の膝に横向きに座らされ、淳は至近距離で司郎と視線を合わせる羽目になる。

「君のお父さんが亡くなる直前、上倉家はやっと時田家を見つけた。誇り高い時田家は、上倉家に迷惑をかけたくなくて、一切の連絡を絶っていた事は前にも話した通りだ。ここからは、美雪さんと私の話になる」

「はい」

どんな事を言われても全てを受け入れる覚悟で、淳は頷く。

「美雪さんも、これまでの時田家の当主と同じで、必要最低限の物しか受け取らなかった。アパートの保証人とか、証明書関係はどうしても未成年では通らないからね。そういった事や、どうしても必要なお金だけを美雪さんの方から期限を設定されて貸していたんだよ」

ここまでは、淳の想像していた通りだ。姉の性格を考えれば、当然とも言える。

「だから上倉が援助した資金は、全て返済されている。父も私も受け取って欲しいと説得したが、無駄だった」

「お姉ちゃんらしいや」

くすりと笑うと、いくらか司郎の表情が穏やかになる。

「司郎さん？」

ゆっくりと顔が近づいて、唇が重ねられた。貪るようなそれではなく、慈しみを感じられる優しいキスに淳はぼうっとなる。

――恋人みたい……そうだ、お姉ちゃんとのこと聞かないと。

口づけが解かれると、淳が問う前に司郎が口を開く。だがその眉間には、皺が寄っていた。

「言い方は悪いが、君への想いを美雪さんに利用されていたんだ」

「どういう事ですか」

「……正直、彼女と私は何というか性格が合わない。うちの両親は私と結婚させようと考えていたが、美雪さんが直談判《じかだんぱん》して諦めさせた。女子高生の彼女が、うちに乗り込んできたときは私も背筋が凍ったよ。彼女は本当に……強い人だ。私の両親が納得するまで、何度もこちらに脚を運んでいたよ。最終的に何を言われたのか知らないが、二十歳を境に急に親が折れた」

――上倉のおじさん達の弱みでも見つけたのかな……お姉ちゃんなら、やりそう。

素直な賞賛でないが、司郎と彼の両親が姉を認めているのは間違いないようだ。

「お姉ちゃんのこと、嫌いなんですか？」

「嫌いではないよ。ただどうしても相性の合わない相手というのは、性別年齢問わずいるだろう？　君がいなければ、美雪さんは姿をくらましていたと思うよ」

確かに、姉の性格ならば過去のしがらみなんて気にもしない。かといって、自分が足手まといだから、仕方なく上倉に頼ったとも考えにくい。

「それで上倉家としては、昔の約束を破棄する予定だったんだ。結婚を強いなくても、良き友人として付き合えれば構わないし、もし双方が自然に恋人になった時は結婚すればいいと思ってね」

初めて司郎が、視線を逸らした。

やはりまだ、姉に未練があるのだろうと淳は考えたが、ついさっき司郎は確かに姉への愛を否定した事を思い出して首を傾げる。

「実は……葬儀場で会った時からずっと、淳の事が気になっていたんだ。初めは子供相手に何をと自分でも気持ちを否定していたんだが、日に日に愛《いと》しくなってね」

平然と恥ずかしい事を言う司郎に、淳の方が赤くなってしまう。

「けれど君はまだ子供だから、気持ちを伝えても混乱させるだけだと思って、私は気持ちを抑え込んだ。それに私の勝手な想いで人生を狂わせたくなかったから、諦めるつもりでいた。けれど美雪さんは、私より先にその場で気付いていたんだよ」

姉の勘の鋭さは、職場でも評判だと淳も聞き知っていた。しかし他人の、それも一目惚れに近い感情まで見抜くとは、実姉ながら恐ろしいと思う。

「これが最後だと覚悟して会ったものの、やっぱり諦められなくてね。君が勘違いをするようにわざと話題を振ったら、思惑通りに乗ってくれて理性が利かなくなった」

「……あの、それじゃ司郎さんはお姉ちゃんが結婚した事、知ってたんですか？」

「知っていたよ。本人から、連絡があったからね。ただ日本を離れる日程までは知らされていなかった」

怒って良いのか、泣いて良いのか分からない。

目を丸くして司郎を見つめると、彼の大きな手が淳の頬に触れて慈しむように撫でてくれる。

「私が見ていたのは、君だけだ。十年の間、忘れた日は一度もない。美雪さんは、それに気付いていたから、私と君を会わせないようにしていたんだよ」

「じゃあ、あの……昔の約束って?」

家の事で決着が付いていたのなら今更話し合う事はないはずだ。

「美雪さんとの約束だよ。だから二人に来るように、手紙を出した」

一体姉が、どんな約束を持ちかけたのか聞くのが怖い気がする。

「私はね、この十年間、生涯かけて淳を保護できる人間か試されていたんだ。君が十八になるまで、悟られないように親族の干渉から守る事。そして、私が心変わりをしない事。それを約束させられた」

日本屈指の財閥の跡取りに対して、とんでもない要求を突きつけていたと知り淳は目眩《めまい》を覚える。姉は自分を過保護すぎるほどに大切に育ててくれたが、まさかそこまでするとは予想外だ。

「上倉家が援助をすれば遠縁の親族が金を無心しに来ると美雪さんは考えていた。そこで、まず君の保護を確約させたんだ。そして上倉家の親族からも、反発が出ることを予想してその全てから『淳を守って欲しい』と頼まれた。まだ高校生の少女が、弟の誘拐まで想定していたなんて……驚いたよ」

そんな話は姉から全く聞いていなかったし、遠縁の親戚が訪ねてきた記憶はあるが、そんな話をされた覚えはない。

もしかしたら自分の知らない所でもめ事があったのかも知れないが、姉と司郎が全て隠し通したのだろう。

淳からすれば、姉と同い年の司郎も美雪の計画に賛同し、淳を庇《かば》ってくれた事は驚きだ。

もし自分が同じ立場だとしても、姉達のように行動できたか分からない。

「君を保護することに関しては、辛うじて合格点はもらえた。あとは、君が十八歳になった時、告白する事を許してもらえるかどうかだったんだ。協定を破れば、美雪さんは君を連れて逃げると言っていたから、こちらも従うしかなかったんだよ」

「でも、もし許可が出ても……その、僕が嫌って言ったら司郎さんはどうするつもりだったんですか?」

今となってはあり得ない仮定だが、好奇心が勝った。すると返されたのは、意外な返答。

「私は君に拒絶されても、親族からの金の無心や面倒ごとから守るつもりでいたよ。君をこんなに傷つけておいて、説得力はないいね」

「いえ、あの……嬉しいです」

何だかとても恥ずかしい事を言われている気がするけれど、頭が混乱して淳はどうしていいのか分からない。

「けれど出発日までは知らされていなかった。あの偶然が重ならなければ、私も君を騙《だま》せなかっただろうな。美雪さんのガードは、とても堅いからね」

上倉のトップにそう言わしめる姉のガードとは、一体どんなものだったのか、淳には想像もつかなかった。

「あの時期は、引っ越しの準備と結婚が重なって、大騒ぎだったから。お姉ちゃんも伝え忘れてたんだと思います」

式に引っ越し、更には石田が海外で立ち上げた会社へ、早々に大きなプロジェクトの依頼が入り、出発直前まで大騒ぎだったと思い出す。

「ともかく、その混乱のお陰で私は君を手に入れる事ができた」

腰を抱いていた手が、ズボンの上から淳の体を撫でる。司郎の唇が、無防備な首筋に触れて、強く皮膚を吸い上げた。

「ひ、ぅ」

「私がいないと、辛い体になっているだろう？」

「っ……」

「私は酷い男だからね、君を体だけでも繋ぎ止めておきたいんだ」

自虐的な司郎の言葉に、淳は息が止まるほどの胸の痛みを覚えた。

——あ……やっと、自分の気持ちが分かった。

これまでも、淳は何度もこの感情の違和感に気がついていた。

でも男同士である現実と、すれ違ってしまった日々のせいで、気持ちを自覚するのが遅くなったのだろう。

恐らく司郎は、身勝手な想いで淳を手に入れたと思い込んでいる。その勘違いを正せるのは、自分しかいない。

「司郎さん」

そっと彼の頬に触れ、視線を合わせるように促す。真っ直ぐで、鋭い瞳。精悍な男らしい顔立ちに、自然と頬が熱くなる。

今でも司郎に対しては、同性として憧れはある。でもそれ以上に、恋心の方が勝っていた。

「父のお葬式で会ってから、ずっと憧れてました。でも今は違います」

淳は自分から司郎の首に手を回し、肩口に頬を擦り寄せる。清涼な整髪剤と司郎の香りが混ざり合って、淳の鼻先を擽る。

「僕も、司郎さんが好き。だから、そんな言い方しないで下さい」

「淳？」

「お姉ちゃんの為《ため》って初めは思っていたけれど。好きじゃなきゃ、こんな事されて大人しくしてる訳ありません」

照れ隠しにわざと笑いながら言ったのに、司郎は真面目な顔を崩さない。

「私を、許してくれるのか？」

「許すとか、そんなの思ったこともないです……無理矢理されたのは、怖かったけど。でも司郎さんになら、僕は何されてもいいから」

自分で言って恥ずかしくなり、次第に語尾が小さくなる。

「淳、愛してる。私の生涯をかけて、君を大切にするよ」

「本当に？」

耳まで赤くなった淳は、司郎の胸に顔を埋める。

「淳、君が欲しい」

欲情を滲ませた声に求められて、逆らえる訳がなかった。

司郎の手を煩《わずら》わせないように、淳は積極的に体を動かして、ズボンと下着を脱ぎ捨てる。

互いに強く求め合う行為は、初めてだ。

「……司郎さんの、もう硬くなってる……」

司郎の脚を跨《また》ぎ、向き合う形で座り直した淳は自分の手で彼の雄を外へと出す。赤黒い幹の先端からは、既に先走りが零《こぼ》れている。

「淳が可愛いからだよ」

「恥ずかしい事、言わないで……っん」

「淳のココも、物欲しそうに震えてるね」

後孔に少しだけ入り込んだ司郎の指が、入り口を掻き混ぜる。ここ最近の強引なセックスは、結果として淳が司郎を受け入れるための体へと変化させてしまっていた。

「…こんなふうになったの、司郎さんのせいだけど……僕、司郎さんにならら、何されてもいいから」

「淳……」

初めは憧れとしてだったけれど、淳も気がつかないうちにその感情は恋心へと変化していた。

「僕だって、十年間、ずっと司郎さんのこと、想ってたんです……っ」

熱を帯び始めた自身を摑まれ、司郎のモノと合わせて扱かれる。形も大きさも違うそれに、淳は見慣れている筈なのに羞恥で顔が赤くなる。

――こんなに、大きいんだ。

張り出したカリ首や、裏筋に浮き出た血管。脈打つ度に逞しく屹立《きつりつ》していくそれは、凶暴な形に変化していく。

「んっ、あ……」

先端を弄られて、淳は嫌々をするみたいに首を横に振る。優しい刺激だけでは、もう物足りない。

もどかしげに揺らめかせる淳の腰に、司郎の腕が回される。膝を立てるように促され、淳はやっと気持ちの通じ合った優しい恋人の肩に手を置き、従う。

どちらからともなく、唇を重ねる。そのまま淳は腰を上げて、司郎の先端を後孔にあてがった。

「支えていてあげるから、そのまま腰を落として」

「は、い……んっく……」

ゆっくりと、司郎の雄を後孔に受け入れていく。何度も感じて、馴染んだ熱だけれど、今日は一際強く司郎の存在を感じる。

半ばまで挿れた所で、淳は動きを止めて司郎に縋った。

「どうしよう、司郎さん……気持ちよすぎて…苦しいっ」

既に淳の中心は、はしたなく蜜を垂らしている。射精していないのが不思議なほど、股間はびしょびしょだ。

「駄目だよ淳。全部挿れないと、君は満足しないだろう?」

「…そ…だけど…やっ…あ…」

腰を抱き寄せられ、残りの部分が全て淳の中に収まった。辛うじてイかなかったが、下腹部と内股の震えが止まらない。

「ひ、ァ…待って…それ以上、擦ったら…おかしくなる…」

ただでさえ内部が勝手に痙攣《けいれん》して、雄を締め付けているのだ。刺激に頭の中が痺れたようになり、淳は快楽の涙を零す。

「待っていても、辛くなるだけだろう?」

「や、ンッ」

深く挿入したまま、司郎が淳の腰を摑んで左右に揺さぶる。硬い雄が柔らかい肉襞を擦り、淳は繫がった部分から生じる快感に溺れた。

——おかしくなるから、も……だめ。

触られていないのに、勃起した中心からは蜜が溢れて止まらない。後孔は貪欲に司郎の与える刺激を欲して、何度も強く食い締める。

「あ、あ……司郎さん、大きくしないで……それ、好きすぎて、だめ……」

「可愛いお強請《ねだ》りを覚えたね、淳…もっと私に、溺れてごらん」

「司郎さん…奥で、出して…ほし…ああっ」

胸につくほど膝を立て、淳は精一杯脚を広げて司郎を奥まで受け入れた。次の瞬間、淳は喉を逸らして射精する。

そして司郎も、淳の内部に熱い精液を注いでくれた。

目の前がくらくらするような浮遊感と、それを上回る充実した想いに、淳は自然と微笑む。

「っ……は、ぁ」

「大丈夫か?」

司郎の肩に額を乗せて、淳は小さく頷く。乱れた呼吸が整うのを待って、司郎がゆっくりと淳の体内から自身を引き抜いた。

力の抜けた体を司郎に抱きしめられ、淳は大人しく身を預ける。汗ばんだ前髪にキスをされ、それがくすぐったくて笑うと司郎も微笑むのが視界の端に映る。

「愛してるよ、淳。二度と離しはしない」

改めて、彼の恋人になれたのだと実感がわいてきて、胸の奥が甘く疼く。嬉しいのに涙がこみ上げてきて、淳は司郎の胸に縋って少しだけ泣いた。

「淳？」

「だいじょうぶ、です……嬉しくて……」

まだ司郎に対しての感情が憧れだと思っていた頃も、こんな風に泣いていたと思い出す。きっと自分も、ずっと前から司郎が好きだったのだ。

嗚咽が収まると、淳はおずおずと切り出す。

「司郎さん。ハンカチですけど、僕が貰ってもいいですか？」

「構わないが、どうしてだい？」

「……良かった。本当はハンカチを、返したくなかったんです。司郎さんを想ってきた、証《あか》しだから」

「君はどうして、そんなに可愛いんだろうね」

やっと通じ合った想いは、甘く熱い。離れていた時間を取り戻すかのように、二人は強く抱き締め合った。

「なんだか、夢みたいです」

寝室には、司郎の指示でアパートから持ち出された荷物が積まれている。とはいっても、元々持ち物は少ないので、段ボールが五箱程度だ。

けれどその中には、家族と過ごした頃のアルバムや姉が買ってくれたマグカップなど、淳にとっては何より大切な品々が詰まっている。

司郎は淳専用の書斎を作ると言ってくれたけど、ただでさえ広すぎて落ち着かないからと説得し、二人で使っている寝室を淳の私室として使うことを承諾してもらった。

——それでもお姉ちゃんと暮らしていたアパートの、倍の広さなんだけど。

ベッドの位置を移動し、机と本棚を入れてもまだ二人くらい住めそうな空間が残っている。

「狭いと思ったら、言いなさい。もっと広い部屋を用意するから」

しかし司郎からすると、寝室と勉強部屋が一緒というのは理解しがたいようだ。

「いいんです。だってこれ以上広いと落ちつかないし。それに狭い方が司郎さんの側に居られるでしょう」

口にしてから、かなり恥ずかしい事を言ってしまったと後悔するがもう遅い。これでは司郎にべったりくっついていたいと取られても仕方ない。

からかわれるかと思ったけれど、司郎は大真面目に頷く。

「そうだな。淳の言うとおり、狭いなりに利点はあるか……側に居れば、淳に何かあっても直ぐに対応ができる」

「何かって、なんですか」

「熱が出たりとか。色々あるだろう」

「僕、そんなに弱くありません」

——司郎さんて、真面目なんだけど……ちょっとズレてる？

完璧で男らしい青年だが、司郎も姉と同じく自分の事になると感覚が過保護の方向に傾くらしい。

でも思ってくれている気持ちの表れだと思えば、やはり嬉しくなる。

「そうだ淳、これを君に渡してなかったね」

「ハンカチ……」

誤解が解けた日の翌朝。ゴミ箱に捨てられたハンカチは司郎が取りだして、預かるといって持って行ったままだった。

見れば綺麗にクリーニングされて、十年の間にほつれてしまった部分も丁寧に直してある。

「広げてみてごらん」

言われて広げると、白地の布の端には二人のイニシャルが刺繍《ししゅう》されていた。

「ありがとうございます」

淳はハンカチを抱きしめ、涙を零す。ずっと自分のお守りとして持っていたハンカチは、最高の幸せを運んできてくれた。

「これからも、大切にしますね」

「私の事も、大切にして欲しいな」

大人の言葉とは思えない、少し本気の嫉妬が混じった声に淳は堪えきれず笑ってしまう。

これからはずっと、こんな幸せな日々が続くのだ。

初恋の行方

「それじゃお先に失礼します」

「お疲れー」

挨拶《あいさつ》をしながら淳がタイムカードを押すと、まだ残っている正社員達がにこやかに挨拶を返してくれる。

小さな会計事務所の雑用バイトとして採用されてから、そろそろ半年が経《た》つ。年配の社長が半ば道楽で経営している会社で、従業員達も和気藹々《あいあい》としている。

初めの頃は手も足りているのに、いきなりバイトとして入って来た淳を怪訝《けげん》そうに見ていた社員もいたが、真面目《まじめ》で明るい淳はほどなく打ち解け今ではすっかり馴染《なじ》んでいた。

「連休明けたら、忙しくなるから。ゆっくり休んでおけよ」

「はい」

扉の前で一礼し、淳は事務所から出た。途端に北風が首筋を掠《かす》め、思わず身震いする。

マフラーを巻き直し、キャメル色のコートのボタンをきっちりと閉める。生地は軽く薄いが、司郎にプレゼントされたそれはとても温かくて重宝していた。

秋も深まり、紅葉が美しい季節になった。昼はバイト、夜は大学という生活にも大分慣れて友人もできた。

ただ未《いま》だに慣れないのは、上倉《かみくら》家での生活だ。

メイド達に傅《かしず》かれ、何をするにも執事が付き添う。司郎にしてみれば、周囲に使用人がいるのは当たり前の事なのだろうけど、ごく一般的な生活をしてきた淳には息苦しくてたまらない。

それに掃除や洗濯といった家事全般を頼むのも、気が引ける。メイド達の仕事なのだからと執事の木村《きむら》に諭されたものの、些細《ささい》な身の回りの事さえ誰かにして貰《もら》うというのは意外と気を遣う。

北風に身を竦《すく》ませながら歩く淳は、これから帰る上倉邸の事を考えため息をつく。

――お姉ちゃんといた頃は、お手伝いさんがいたら楽だよね。なんて笑ってたけど……結構疲れる。

スナック菓子を齧《かじ》りながら、テレビを見て笑う。

なんて気楽な生活は、上倉家では無理だ。別に『するな』と言われている訳ではないし、司郎《しろう》と寝起きを共にする部屋にもテレビはあり、お菓子も自由に食べることはできる。

だが壁一面を使うスクリーンの前で、専属のパティシエが作ったオレンジケーキを出されてもリラックスなどできる筈《はず》もない。

少しでも息の詰まる日常から逃れたくて、淳は昼の間は司郎に頼みバイトさせてもらっている。本当は家に居て欲しいみたいだけれど、息が詰まるので慣れるまではと条件付きで許可をもらった。

ただしそのバイト先も話し合った末に、上倉の経営する会社の下請けでの雑用事務だ。実質、昼間も監視されているような物だが、同僚には淳が上倉との口利《くちき》きで入ったと知る者はいない。

司郎は『悪い虫が付かないように』と、従業員達にまで淳が上倉家と関わりのある人物だと周知しようとしたが、それだけは止《や》めて欲しいと頼み込んだ。なので事情を知るのは、人生の酸いも甘いもかみ分けたような、好々爺《こうこうや》の社長だけ。

おかげで淳は、バイト先と大学でだけは、これまで通り普通の生活を満喫している。

——もし司郎さんの家に居候してるなんて知られたら……誰も友達になってくれないよ。

一般的な生活とはほど遠い所謂《いわゆる》上流階級の暮らししか知らない司郎は、なかなか淳の懸念を理解してくれなかった。

どうにか説得して自由を手に入れたけれど、淳になにかあればすぐバイトを辞めさせると宣言されている。

大切にされていると分かっていても、少し過保護ではと最近は首を傾《かし》げることばかりだ。

送迎の車は断っている淳は、電車とバスを乗り継ぎ三十分ほどかけて上倉邸へと戻る。

——今日の夜学は休講だし、久しぶりに本でも読もうかな。……って、あの人。

上倉邸を囲む塀沿いを歩いていた淳は、少し先を行くカートを引く女性に気付く。後ろ姿だけれど、見間違うはずがない。

急いで駆け寄り、淳は彼女の肩を摑《つか》む。

「お姉ちゃん！　どうして日本にいるの？　旦那さんは？」

肩口で切りそろえた黒髪を掻《か》き上げ、美雪《みゆき》が振り返った。トレンチコートにパンツスーツというキャリアウーマンらしい服装だが、童顔なので就活生と間違われる事も多い。

しかし淳とそっくりなおっとりとした容姿とは反対に、性格はかなりキツイ。

「あら淳、丁度良かった。これ持って」

姉である美雪との突然の別れから半年しか経っていないので、感動の再会とまではならない。まるで近くのスーパー帰りの時と同じように持っていたカートを手に押し付けてくる美雪に違和感を覚える。

――お姉ちゃん、ちょっと冷静すぎない？

二人でいた時間が長いので、微妙な感情の機微は分かる。こんな時の姉は、何か揺るぎない決意をしている事が多い。結婚を報告する際も、数日前からやけに冷静になっていたと思い出す。

「ちょっと、淳。ぼーっとして熱でもあるの」

「ううん、ていうか……石田《いしだ》さんは一緒じゃないの？」

周囲を見回しても、美雪の結婚相手である石田伸一《しんいち》の姿は見当たらない。

「急に決めたから、伸一さんの準備が間に合わなかったの。淳とはしばらく会えなくなるのに姉弟らしい会話もなしで、渡米しちゃったでしょ。だから本格的に忙しくなる前に、改めて淳と話をしたいなって思ったのよ」

　こうと決めると、姉は即断即決だ。石田がどう言いくるめられたか知らないが、姉のペースで物事が運んだのだろうと想像できる。

「え、じゃあその間、向こうの会社は？　お姉ちゃんも、何か任されてるんだよね？」

「わたしの引き継ぎは信頼できる人に任せてきたし。何かあれば、メールで指示も出せるしね。伸一さんも『任せてくれ』って言ってたから大丈夫よ」

　口ぶりからして、二人の仕事は上手《うま》くいっているようで安心する。フリーのデザイナーというものがどういった仕事かよく分かっていないが、社会の波にもまれた姉が堂々としているのだから心配する事はないだろう。

「戻ってくるなら連絡くれれば良かったのに」

　淳が上倉邸に居候していることは、司郎から姉に連絡したと聞いている。

　だから姉が訪ねてくるのは当然なのだが、どうして事前にメールの一通も寄越さなかったのかが気になった。

　しかしその答えに、淳は目を見開く。

「連絡しなかったのは、淳を驚かせたかったからよ。そうそうわたし当分、上倉家で過ごすから。よろしくね」

「えっ……上倉には頼らない筈じゃ……」

「細かい事は気にしないの。それに淳が司郎さんの所に行くって決めたわけだし、うちと上倉は親戚になったも同じでしょ」

いずれは正式に、淳と司郎は養子縁組をすると決めていた。姉にはまだそこまで知らせていなかったけれど、勘がいいので察しているのだろう。

「相変わらず、不便なところに住んでるわねー。これなら空港からタクシー呼んだ方が良かったわ。代金は司郎さんに払ってもらえばいいし」

二人の仲が良くないのは司郎から聞いていたけれど、帰国の日程くらいあらかじめ伝えてもいいはずだ。

それにしても姉は随分と変わったように思う。二人で生活していた頃は、積極的に司郎を頼ろうとはしていなかったのに、今は当然の事のように上倉をあてにしている。

隣を歩く姉は以前と同じだが、どこか違和感を覚えた淳はもう一度尋ねてみた。

「お姉ちゃん、僕と司郎さんを驚かせたいだけで帰ってきたの？　顔合わせだって、もっと落ち着いてからでもできるよね。本当の事を言ってよ」

「あ、バレた？」

小さく舌を出して微笑《ほほえ》むが、姉の目は笑っていない。こんな時は良くないことを考えていると、幼い頃から淳は身をもって知っていた。

――僕が学校で虐《いじめ》められた時も、お姉ちゃんこんなふうに笑って学校に乗り込んだっけ……他にも……。止めよう、思い出したらきりないや。

普段は外見通り大人しい姉だが、内面は反骨心の塊《かたまり》だ。その強い性格のお陰で、自分は姉に守られ生きてこられた。

感謝はしているし、見習いたいとも思うけれど同時にとても怖いのだ。

「実はね、小姑やろうかと思って」

「小姑っ？」

まさか姉がそんな下らない理由で帰国したとは考えられなかったので、淳は大声で聞き返す。しかし美雪はけらけらと笑いながら更なる爆弾発言をした。

「やってみたかったのよねー。淳がお嫁さんもらったら、普通に祝福したわよ。でも相手は司郎さんになっちゃったじゃない。心置きなくイビリができるわー」

あれだけ上倉の支援を嫌がり、会うことさえ拒んでいた姉の発言とは思えない。それにしても、いくら淳が司郎からの熱烈なプロポーズを受けたとはいえ『小姑としてイビる』なんて随分と酷い計画だ。

流石《さすが》に淳も、姉の言動を窘《たしな》めようとする。

「イビるなんてそんな、司郎さんに迷惑――」

言いかけるが、睨まれて黙る。

「可愛い弟預けてるんだから、そのくらいしてもいいでしょ。あ、言い方が悪かったわね、家族として淳が幸せにしているか確認に来たの。酷《ひど》い事はしないわよ。まあ、ちょっと司郎さんの支払いで買い物したり、食事したりする程度かな。わたしから可愛い弟を攫《さら》ったんですもの、報復は覚悟してるはずよ」

本心を隠しもしない姉に、淳は青くなった。

「報復って……」

怒った姉は怖いと、身をもって知っている淳は何も言えなくなる。

多少の理不尽は笑って受け流すが、唯一の身内である淳に関してだけは些細《ささい》なトラブルにも全力で立ち向かう姉だ。表向きは淳と司郎の仲を許したと言っているが、内心は分からない。

淳が今の生活は幸せだと力説しても、姉は納得しないだろう。むしろ『そう言わされている』と変な勘ぐりをして、司郎に喧嘩《けんか》を売る可能性もある。下手《へた》をすれば、引き離されてしまうかもしれない。

――司郎さん……どうするんだろう。

仲が悪いのだから、姉の理不尽な要求に激高し本格的な喧嘩に発展する要素は十分ある。そうなったら自分が間に立って、姉を説得しようと淳は密《ひそ》かに決心する。

しかし、そんな不安は杞憂《きゆう》に終わった。

夜になって帰宅した司郎は、美雪の来訪と小姑宣言。そして『当分は上倉邸に居候する』という要請に驚きはしたものの、嫌がる素振りも見せず受け入れたのである。

執事の木村も『これで時田《ときた》家に恩返しができる』と喜ぶばかりで、誰も姉の理不尽を責めはしない。

——本当にいいのかな?

話し合いが終わった後も一人納得できず、取り残された気分になってリビングの隅に佇《たたず》んでいた淳の肩を美雪が叩《たた》く。

「それじゃ明日は買い物つきあって。久しぶりに会えた姉に、荷物を持たせるなんて事はしないわよね?」

助けを求めるように司郎を見ても、彼は苦笑して頷《うなず》くだけだ。恐らく家族水入らずの時間程度に考えているのだろう。

——ともかく、これで僕がお姉ちゃんのお世話係確定って事になるな。

自分の恋人と姉の仲が悪いと知りながら、一つ屋根の下で暮らす。いくら広い屋敷でも、全く顔を合わせないなんて無理なことだ。

それに自分は、司郎と同じ部屋で生活しているのだから姉も薄々は夜の事を感じ取るだろう。

いくら関係が公認と言っても、気まずいことこの上ない。

そして翌日から、頭の痛くなる日々が始まった。

昼のバイトは手の足りない時期だけ出るように、シフト調整をして貰った。なので昼は姉の買い物に付き合い、夜は大学へ通う生活になる。

事務のバイトが姉の話し相手に変わっただけだけれど、姉が在宅でする仕事の手伝いもさせられるので、予想していた以上に忙しい。

何より、不意に飛んでくる姉の質問に淳は辟易《へきえき》していた。

夕食を終えると淳は、姉に呼ばれ彼女の部屋で資料整理を手伝わされるのが日課になっている。バイト先で覚えたパソコンの知識が、重宝されているのだ。

「で、司郎さんとはどこまでいったの？」

「……そういうプライベートを聞くのは、姉弟でもセクハラだよ」

「心配してるだけよ。司郎さんに、変なプレイ仕込まれたりしてないでしょうね」

「プレイ……」

二人の心がすれ違っていた時は、多少乱暴にもされたけれど嫌ではなかった。それと根本的に姉が言う『変なプレイ』の定義が分からず、淳は首を傾げる。

「まさか、淳が何も知らないのをいいことにやりたくないこと強制してるんじゃ……あの男なら、やりかねないわ！」

「大丈夫だって！　司郎さんは優しいよ。二人で出かける時は手を繋いでくれるし、寝る前にはキスも……」

余計な事まで喋《しゃべ》りそうになり、淳は慌てて口を噤《つぐ》んだ。その様子から本当だと判断したらしく、姉がくすりと笑う。

「随分と清いカンジじゃない？　まあ、大丈夫そうでよかったわ」

――エッチな薬や、玩具使われたとか……絶対に言えない。

あの時は悲しくて怒りもしたけれど、司郎の気持ちが分かってからはたまにならと道具を使ったセックスも経験していた。

勿論《もちろん》行為の途中で玩具は抜かれ、司郎が淳を抱いてくれるので不満などない。

――……中出しでイけるようになっちゃったし……。

ベッドの中で、司郎は自分を宝物のように扱ってくれる。蕩《とろ》けるような愛撫と、口づけの嵐。

そして自分のものだと言わんばかりに淳の腰を強く摑んで深く繋《つな》がり、最奥に射精してくれる。ほぼ毎晩愛された体は、すっかり司郎の与える快感に従順になっていた。

「淳？　眠いの」

「え、ああ。うん」

思い出してぼうっとしていた淳は、姉の声で我に返った。時計を見れば、既《すで》に十時を過ぎている。まさか恋人との甘い営みを思い出していたなんて言い出せず、淳は姉の勘違いを利用することにする。

「昨日まで部屋に戻ってからレポートやってて。少し寝不足かも」

「あら、引き留めちゃってたのね、ごめんなさい。じゃあそろそろ寝たら？　司郎さん、今日は残業だって木村さんが言ってたわよ。お手伝いありがとうね」

「うん。お姉ちゃんも、無理したらだめだよ」

「はーい」

声のトーンで、まだまだ仕事をする気だと分かるが、咎《とが》めたところで姉は大人しくしないだろう。

淳はお休みの挨拶をすると部屋を出て、二つ隣の寝室に向かう。

それにしても、姉の行動力には驚くばかりだ。

アメリカへ渡ってからも事業は順調で、今回の帰国も本当に淳が不自由なく生活しているか確認する為《ため》だけに戻ってきたのだと改めて説明された。『事業失敗して、泣く泣く帰ってきたなんて思われたら癪《しゃく》だし』とは、姉の弁だ。

——でももうちょっと、大人しくしていた方がいいんじゃないかな。

仕事道具のノートパソコンは自前だが、それ以外は食事から服、小物に至るまで全て上倉家に用意してもらったものだ。

淳がバイトで同行できない時は運転手付きの車を借りて、勝手に買い物へ出ていると木村から聞いている。

「お姉ちゃんの事だから、ちゃんと考えてるんだろうけど……あ、司郎さん。帰ってきたのかな」

隣室の書斎から足音が聞こえ、淳は迎えに出ようとしてガウンを羽織る。しかし隣室とを隔てるドアの前で、違和感に気付き立ち止まった。

——誰かと話してる？　木村さんの声じゃないし、メイドのお姉さん達は司郎さんとあんまり話さないけど……。

執事の木村が荷物を持って、部屋まで来るのはいつものことだ。しかし今夜は、女性の声が聞こえてくる。

ドアを開けて確かめればいいのに、その勇気が出ない。代わりに淳は息を潜め、ドアに耳を近づけた。

「お姉ちゃん？」

聞こえてきたのは、明らかに美雪の声だ。高く良く通る声なので、重厚なドア越しでも分かる。一方、司郎の方は低いので、話の内容まではよく分からない。

——どうして二人が、夜中に会ってるの？

仲が悪いと公言しており、朝食などでどうしても三人が同席するような時は必ず緩和剤として淳が間に座るのが恒例だ。互いに無視をしていればマシで、酷いときには嫌味の言い合いになる。そんな二人が、声を潜めて話し合いをしている。

淳は混乱すると同時に、不安な考えに陥る。二人が険悪にしているのは淳の前だけで、実は仲がいいのかもしれない。

急な姉の帰国も相まって、考えは悪い方向に転がっていく。

——まさかお姉ちゃん、司郎さんと浮気？　それとも石田さんは偽装に協力してもらっただけで、本当はお姉ちゃんとは結婚してないとか？

疑問が次々に浮かぶけれど、扉を開けて問い質《ただ》す勇気が出ない。

司郎の気持ちを、疑いたくはない。

けれど現実に、二人は淳に何も言わず夜中に会っている。それも姉の口調からして、今夜が初めてではないようだ。

自分が司郎と共に暮らしていると知った事で、姉は押し殺していた気持ちを抑えきれず戻ってきたのかも知れない。

——石田さんは優しそうな人だったし……。お姉ちゃんが頼み込んで、結婚するふりをしたのかも。

直接二人に聞いて確かめればいいと頭では分かっているけれど、どうしても淳はドアノブを回すことができなかった。

なにより、もし姉が司郎を好きだと言ったらなんて言葉をかければいいのか分からない。司郎と淳の関係を気にしていたのも、何処《どこ》まで弟が本気なのかと見極める為の可能性もある。

姉は自分に嘘《うそ》をついたことはないし、いつでも淳を庇《かば》い女手一つで育ててくれた。

——苦手だって言ってたけど、喧嘩するほど仲がいいって言うから。それに、司郎さんだって、お姉ちゃんと結婚した方が幸せに……。

そう考えた瞬間、胸の奥が痛くなって、目の前がぼやける。

姉の考えは分からないし、司郎の気持ちを疑いたくもない。しかし実は二人が本心では惹《ひ》かれ合っていたと今更気がついたのだとしたら……。

——邪魔なんてできないよ。……でも、司郎さんとお姉ちゃんが恋人同士だったら……僕はどうすればいい？

秘めた恋。そんな言葉が頭を過《よ》ぎった。自分と司郎もある意味秘めた恋だったが、姉と司郎の方が当たり前だがしっくりくる。

だがたとえ、二人が付き合っていると告白されても、笑顔で祝福なんてとてもできない。

大切な姉と大好きな司郎の幸せを願いながらも、離れたくないという気持ちを自覚して淳は唇を噛《か》み締める。

ガウンの袖《そで》で溢《あふ》れる涙を拭《ぬぐ》い、淳はふらふらとベッドに戻り毛布に潜り込む。眠ろうとして瞼《まぶた》を閉じても、漏れ聞こえてくる姉の声に意識が向いてしまう。

どうしたらよいのか分からないまま、淳はベッドの中で体を丸め声を殺して泣いた。


どれだけ時間が過ぎたのだろうか。

泣き疲れてベッドの中でうとうととしていた淳の側《そば》に、温《ぬく》もりが寄り添ってくる。

「……しろう、さん？」

「起こしてしまったようだね。すまない」

ガウンのまま入って来た司郎に抱き寄せられ、淳は無意識に合わせ目から覗《のぞ》く逞《たくま》しい胸元に額を寄せた。

尋ねるのは今がチャンスだと思ったけれど、怖くて問いかけられない。

「怖い夢でも見たのか？　目元が濡れている。腫《は》れるといけないから、明日は冷たいタオルを用意させよう」

「へい、き」

ぎゅっと司郎のガウンにしがみつくと、額に優しく口づけられた。同じキスを姉にもしたのかと考えてしまい、止まっていた涙がまた溢れてくる。

「淳？」

「側に、いて……。寂しかった、から……」

言い訳にしては稚拙だと思ったが、司郎は何も言わず優しく淳の体を包み込んでくれる。

「すまない。急に仕事が立て込んでしまって、時間を取れなかった。美雪さんがいるから、寂しくないだろうと勝手に思い込んでいたんだよ」

「……いえ、お仕事……大変なのは、木村さんから聞いて知ってます」

美雪との関係も不安だが、司郎が次期上倉の当主として認められるために働きづめというのは淳も理解していた。

仕事と自分を天秤にかけろなんて、無理難題を言うつもりはない。ただ時々こうして、お互いの気持ちを確かめ合う時間が持てればそれでよかった。

「淳」

額に慈しむようなキスをされて、胸の奥がぎゅっと痛む。

「ああ、忘れないうちに」

「なんですか？」

「時計だよ。壊れてしまったと言っていただろう。君に似合うのを探したんだよ。受け取っ

て欲しい」

枕元に置いてあった小箱を手に取り、司郎が微笑む。水色のリボンをかけられた箱を開けると、シンプルなデザインの腕時計が入っていた。

「こんな、誕生日でもないのに頂けません」

「これまで君の誕生日を祝えなかったんだ。ちょっとしたプレゼントくらいは許してくれないかな」

高価な物をもらう事に抵抗のある淳は、日々の生活用品もできるだけ安いものにして欲しいと木村に頼んでいる。

司郎は自分を恋人と言って憚《はばか》らないが、恋人である事を笠に着て物を強請《ねだ》るのはなんとなく嫌だったのだ。バイトもしているし、奨学金も出ているから身の回りの物くらいは自分の給料で揃《そろ》えられる。

家族なのだから気にする事はないと諭されもしたが、淳は意見を曲げなかったので司郎も渋々ながら尊重してくれている。

「華美な物ではないし、普段使い用の物を選んだが。嫌なら別の品を買おう」

「いえ、ありがとうございます」

忙しい司郎が自ら店に出向いて選んだと聞かされれば、突き返すことなどできない。

淳は時計を小箱に戻すと、サイドテーブルに置く。そしてベッドの中へ戻ると少しでも司郎を感じていたいという衝動のまま、淳ははしたなく愛撫を強請るように司郎に体を押し付けた。

「し、司郎さん……その……」

「いいのかい？」

パジャマのズボン越しに太股《ふともも》を撫《な》でられて、下半身が震えてしまう。こんな些細な愛撫にも感じられるように、体はすっかり慣らされてしまった。

「……はい」

しかし司郎が姉を選べば、この幸せな時間は消えてなくなる。頷くと、司郎が淳を抱きしめ覆い被《かぶ》さってきた。

「淳……君が欲しい」

「司郎さん」

パジャマのボタンを外され、ズボンと下着も脚から引き抜かれる。司郎はガウンを脱ぐだけだから、すぐに二人は素肌で抱き合う。

胸に顔を寄せると、聞こえてくる穏やかな鼓動と温もり。憧《あこが》れていた司郎が、自分を好いていてくれたという事実だけでも十分満足だ。

――お姉ちゃんと比べられたら、負けるの分かりきってるし。

優しい司郎は、きっと姉と淳の間で悩んでしまうだろう。でも行き違いがあったにせよ、現実に美雪は戻ってきたのだ。

意地を張って、司郎の取り合いなんて子供のような喧嘩はしたくない。それに美雪は頭が良く、誰とでも物怖じせず打ち解けられるので友人も多い。引っ込みじあんな自分とは違い性格も明るい。誰が見ても、司郎と釣り合うのは美雪だと分かるはずだ。

淳は姉の友人達から、美雪は学生時代から何人も告白を受けており、その全てに『恋愛なんてしていられない』と断っていたと聞いている。

それだけ大切にしてくれていたと分かるが、別の見方をすれば生活基盤を築くために姉は青春時代を自分のせいで犠牲にしてきたも同じだ。

——司郎さんがお姉ちゃんを選んだら……一緒に居られないよな……。

司郎と姉の本心は、やっぱり怖くて聞けない。

二人の幸せは壊したくないけれど、独りぼっちになるのも嫌だ。せめて姉と司郎の邪魔にならないよう、屋敷の隅にでも置いてもらえないかと考える。

——お屋敷で仕事……なんて掃除くらいしかできないし。僕にできる事なんて、殆《ほとん》どない。

姉の代わりに家事はしていたから自信はあるけれど、こんな大きなお屋敷での仕事が務まるとは思えない。改めて、自分は何もできないと気付いた淳は、自身を恥じた。

なのに司郎と離れるという選択はしたくない。ろくに司郎の役にも立たないのに、側に居たいと思う気持ちだけ強い自分は子供だ。

二人の幸せを願いながらも、司郎に抱きしめられる喜びを捨て去る決断ができない自分は身勝手で浅ましいとさえ思う。

潔く司郎のことは諦《あきら》めるのが正しいと分かっているのに、たとえ蔑《さげす》まれても彼の側に居られるならどんな立場でも構わない。

「淳?」

黙り込んだ自分を不審に思ったのか、司郎が愛撫の手を止めて顔を覗《のぞ》き込んでくる。その眼差《まなざ》しから逃れるように、淳は彼の胸に顔を埋《うず》めた。

「司郎さん、好き。大好きです」

普段なら恥ずかしくて言えない言葉が、すんなりと唇から零《こぼ》れる。

「私も愛しているよ、淳」

額に唇を触れさせたまま、司郎が囁《ささや》く。

――僕は、ずるい。

肌を滑る司郎の手に煽《あお》られ、次第に呼吸が荒くなっていく。

「今夜は、君を貪《むさぼ》ってもいいかな? 明日からまた仕事が忙しくなって、次にいつ夜を一緒に過ごせるか分からないんだ」

「……聞かないでいいです。そんな……司郎さんの好きにして下さい」

「可愛い事を言うね」

求められ、嬉《うれ》くて泣きそうになる。

司郎が望むなら、以前のように閉じ込められていても構わないとさえ考えてしまう。

「司郎、さん……」

甘く蕩《とろ》けた声で、淳は恋人の名前を呼ぶ。

「お願い、司郎さん……僕を滅茶苦茶にして下さい」

「どうしたんだ、急に」

「はしたない僕は、嫌いですか？　僕、司郎さんを沢山《たくさん》感じたいんです」

涙声で訴えると、優しいだけの眼差しに雄の欲が浮かぶ。最近は見せなくなった、獣のような目だ。

自分を軟禁し、毎晩貪っていた時と同じ表情になった司郎に、全身が疼《うず》く。

「私は君に、酷い事をしたからね……ずっと我慢していたんだ。どうなっても、知らないよ」

「はい。あの……僕の体、司郎さんを気持ち良くできてますか？」

思いついた事を何気なく口にすると、司郎が少し困った様子で微笑む。

「君の体に触れる度、理性を失いかける。時々、君を壊してしまうほど激しく抱きたいと思うよ」

「司郎さん……」

「大丈夫。そんな真似《まね》はしない……なんて、酷い事をした私が言っても信じてもらえないかな」

淳は首を横に振る。

「良かった」

彼の言葉で、自分にある唯一の価値が分かり淳はほっと息を吐く。

――司郎さんが僕の体を気に入っているなら……愛人、でも構わない。

いつ彼が『今夜が最後だ』と言い出すかも分からない。彼が姉を選んでも、愛人として側にいられないかと浅ましい想像をする自分を淳は恥じる。

――お姉ちゃん、ごめんなさい……でも。せめて、体だけでも……。

愛されることを知ってしまった体は、他の相手など受け入れられない。

側に居ることも許されない最悪の結末を考え、恐怖感で淳の気持ちは乱れる。

でも彼の元を去るなんて、できる筈がない。未練たらしいと思うけれど、少しでも求めてくれるなら、たとえ愛人のような扱いでも側に置いて欲しいとさえ思う。だがそれは、姉を傷つける事にもなる。

――お姉ちゃん、ごめんなさい。

許してと、心の中で何度も繰り返す。

司郎が命じるのならば、彼の性欲を満たすためだけに脚を開く酷い生活でも構わない。

――いつのまに僕は、こんなに恥ずかしい事を考えるようになったんだろう。

「司郎さん。疲れてなければ……僕を使って」

思わず『姉の代わりに』と言ってしまいそうになり、語尾が小さくなる。

「使うなんて言い方をしてはいけないよ。君は私の大切な恋人なのだからね」

この言葉が本当ならどれだけ嬉しいかと、淳は思う。慈しむように髪を撫でる司郎の手は優しく、本当の恋人同士のようだと思った。

いや、姉が戻ってくるまではそう信じていたと、言った方が正しい。

淳は自ら手を伸ばして、司郎の背に縋《すが》った。すると司郎は淳を抱いたままで体を反転させる。

「あ、んっ」

「支えていてあげるから、挿《い》れる所から全部自分でしてごらん」

滅茶苦茶にして欲しいと自分から懇願した手前、できないなんて言えない。

淳は羞恥に震えながらも、サイドテーブルの引き出しに手を伸ばして、常備してあるローションを出す。

いつもは司郎がしてくれる愛撫も、後孔を解《ほぐ》す行為も全て自分でするのだ。

それも、愛する人に見られながら。

「何をするか、言葉にしてごらん」

淫らな命令に、淳はこくりと頷く。

恥ずかしいのに、抗《あらが》えない。今は何も考えず、司郎の与えてくれる快楽に溺《おぼ》れたかった。

「これからローションを、後ろに……いれ、ます……」

自分でしたことはないけれど、行為の最中に司郎がしている事は分かっている。淳はキャップを開けて、とろりとした潤滑剤をたっぷりと手に取った。

両手でローションを包んで温めると片手は後孔に、もう片方の手は司郎の雄に添える。熱を帯び始めていた雄に一瞬怯《おび》えたけれど、淳は慈しむように根元から幹へと指を滑らせた。

「私だけじゃなくて、自分の体も解さないと挿《はい》らないよ」

「は、い……っん」

これから自分を蹂躙《じゅうりん》する雄を高ぶらせながら、自分の後孔を解す。

「どうした、淳。無理なら……」

「平気です」

こんな自分には、優しい言葉をかけてもらえる資格なんてない。愛人になれば、それは同時に姉を裏切ることにもなる。たとえ司郎が淳を愛していなくても、体の関係があれば姉も傷つく。

幸せに微笑む姉の顔が脳裏を過ぎる。二人が愛し合っているなら、今も裏切っていると言われても仕方ない。

——僕は最低だ。

それでもやっぱり、司郎と別れるという決断ができない。淳は必死に何でもない振りをして、後孔を弄《いじ》る。

——愛人になったら、司郎さんを楽しませるだけで……愛撫なんて強請れないいんだから。

予行練習だと考え、淳は泣きそうになりながらも必死に両手を動かした。

愛《いと》しい人と、心の伴わない性行為は辛《つら》いはずなのに、快感を教えられた体は勝手に高ぶっていく。

「自分で触っていないのに、淳のココは蜜を垂らしているよ」

「ひ、っ」

臍《へそ》まで反り返った中心を司郎に弄られ、淳はびくりと体を竦《すく》ませた。

——そこも好きだけど、中も触って欲しい。

本当は司郎に、中を虐めて欲しい。淫《みだ》らな欲求に抗えず、淳は入り口を解していた手を離し、両手を司郎の雄に添える。

「挿れて、いいですか?」

「無理をしては駄目だよ」

そういいながらも、司郎は淳の腰を支えてくれる。淳は両膝《りょうひざ》を立てて、大きく脚を開く。

「ん……」

硬い切っ先が、後孔を割り広げた。

――司郎さんの……。

硬い雄を、自重とローションの助けを借りて飲み込んでいく。ひどく淫らな行為をしていると自覚があるせいか、いつもより敏感になっている。

「あ、あ……はいっちゃ……ぅ」

「そのまま腰を落として。上手だよ、淳。挿ったら、両手を私の腹に置くんだ」

「わかり……ました……っあ」

ぬぷりと音を立てて、狭い後孔に雄が収まる。愛撫は殆どされていないのに、内壁は嬉しそうに雄を食い締めて蠕動《ぜんどう》を始めていた。

「淳、そのまま膝を曲げてごらん」

「でも……」

「私に君の全てを見せてくれないか？」

促されて、淳は両膝を胸につくまで曲げる。腰は支えられているので、バランスを崩すことはないが、繋がってヒクつく結合部とだらだらと蜜を零す自身を司郎に見せる体位に、恥ずかしくて泣きそうになる。

なのに体は、彼の視線にさえ感じているのだ。

「綺麗《きれい》だ、淳」

「うそっ」

「嘘ではないよ。私だけの、甘くて綺麗な体になったね」

まるで所有物とも取れる言葉に、悦《よろこ》びを覚える。

側に居させて欲しいと訴えれば、優しい司郎と姉は許してくれるかもしれない。優しさにつけ込もうとしている自分が情けなくて、悲しい。

彼に所有され、愛情ではなく哀れみだけで抱かれる日々が待っていてもかまわなかった。

——僕もう……司郎さんが求めてくれるなら、物扱いだって……。

「あっく、動かないで……ひっ」

不意に突き上げられて、淳は背を反らした。腰を掴まれているので、逃げることは叶《かな》わない。

二度、三度と突かれた後、大きな円を描くように内部を掻き混ぜられ淳は達してしまう。イく瞬間も蕩けた顔も曝《さら》したのに、まだ司郎は硬いままだ。

「ぁ……司郎さん、僕の体じゃ……よく、ないっ……ですか？」

「逆だよ。何度射精しても、君の中が心地よすぎて収まらないんだ」

とんとんと、リズムを付けて小突かれ、淳は喉《のど》を反らす。

「駄目っ…だめ……はずかし……」

「顔を隠したらいけないよ」

絶頂感を持続させられ、淳は声にならない悲鳴を上げ続ける。金魚のように口をはくはくと動かし、空気を取り込もうとするけれど上手くいかない。

そんな淳の痴態を見て司郎も兆したのか、腰を摑む手に力が籠《こ》もる。

「奥、だめっ。感じちゃ……あっ」

勢いよく精液を浴びせられ、後孔がきつく締まる。奥に出されるのが好きになってしまった体は、淳の理性を掻き消し司郎の言葉だけに従う。

「腰を落としなさい。でないと精液が零れるよ」

ぴたりと嵌《は》められ、最奥で脈打つ雄を感じる。最後まで出し切っても司郎は自身を抜かず、痙攣《けいれん》する淳の内部を愉《たの》しんでいる。

「すっかり馴染んだね」

「だって、司郎さんが……いっぱいするから」

形も、裏筋の血管さえ覚えてしまっていた。

中出しされて司郎の雄が萎《な》えかけても、内壁の収縮と淫らな腰使いで熱を戻す技巧さえ淳は習得してしまっている。

「淫らで可愛らしい淳に、プレゼントだよ」

「え、なに……?」

屹立《きつりつ》した根元に、水色のリボンが巻かれる。先程受け取った、時計の箱につけられていたものだ。

「ドライでイく悦《よ》さを覚えられるように、これから勉強しよう」

「しろう、さん……」

「大丈夫。辛くなったら外してあげるからね」

「……はい」

手際よく自身の根元に巻き付けられていくリボンに、淳は怯えとも悦びともつかない感情を覚える。

決して司郎を疑ったり怖がっている訳ではない。ただ、彼と激しく交わることに抵抗がなくなっていく、淫らな自分が怖いのだ。

「私の事は考えず、後ろで好きなだけイきなさい。ただし、射精は駄目だからね」

リボンが巻き付けられただけでも、視覚的に感じてしまって淳の中心は半ば勃《た》ち上がっている。

——いやらしい、体。でも司郎さんが望むなら構わない。

「キツイかな?」

「いえ、恥ずかしいけど……感じてます」

根元まで嵌められた状態で、淳は自ら腰を振った。

くちり、と粘液と空気の混ざる音がして恥ずかしさが増す。

「こんな、で……むりっ……ぅ」

けれど司郎は許してはくれず、そのまま淳の内部をごりごりと擦《こす》り上げた。一度達して敏感になっている内部は雄に吸い付き、強請るようにヒクついている。

一度突き上げられるごとに、腰から背筋にかけて快感が走り抜ける。

ドライでの絶頂を完璧に覚えてしまったらどうなるのか、考えただけで疼きは更に酷くなった。

「あ、あぅ」

とうとう我慢できず、淳は後孔の刺激だけで絶頂した。それも一度だけでなく、連続で上り詰める。

「いって……のに……また。終わらないの……っ」

「やはりリボンだけでは、零れてしまうね。今度は特別製のリングを嵌めようか」

射精を許されない状態で、絶頂だけが続く。鈴口から僅《わず》かに零れた蜜を、司郎がすくい取り見せつけるように舐《な》める。

「舐めたら、だめ……です。きたな……あっ腰、回さないでっ」

「今は淳が動いているんだよ。私は支えているだけだ」

無意識に腰を動かしていたと知り、淳は恥ずかしさに泣き出してしまう。それなのに淫らな衝動は止まらない。

自らの動きに合わせて喘《あえ》ぎ、終わらない快楽の中に進んで身を置く。

――司郎、さん……うれし、そう。

どう思っているのかは分からないが、乱れる自分を見て司郎も欲情していると分かりほっとする。

「両手を私の膝にかけて、膝を立てるんだ」

そうすれば自然と背を反らすこととなる。これまでは体を丸めて僅かでも隠す事のできた部分さえ、司郎の目に曝すのだ。

「はい……」

言われるまま、従順に従う。

愛人になれば、もっと淫らな事を要求されるかもしれないのだ。司郎に嫌われないために、淳は羞恥の涙を零しながらも脚を限界まで開く。

「しろう、さん。僕ちゃんとできて、ますか？」

「ああ」

満足げな声を聞いて、悦びを感じる。

――全部、見られてる。

「リボンを外すよ。そうしたらそのまま我慢していた分を、一気に出すんだ。一滴も出なくなっても、今夜は可愛がるからね」

淫らな宣言に、淳はこくりと頷く。

彼にならら、どんな恥ずかしい事をされても構わない。

もう何も考えたくなくて、淳は司郎の与えてくれる快楽に溺れた。


新しい仕事が入ったお陰で、司郎は益々《ますます》帰りが遅くなっている。帰宅は深夜十二時を過ぎることは珍しくなく、淳が起きて待っていても『睡眠不足で勉強に支障が出たらよくない』と諭され、キスだけしてベッドに入れられてしまう。

そのくせ、司郎は隣室に籠もり、明け方近くまで仕事をしているのだ。

——今夜も……お姉ちゃん、来てるんだ。

真夜中、喉の渇きで目を覚ました淳はサイドテーブルに置いてある水差しに手を伸ばす。耳をそばだてると、聞き間違えようのない姉の声が微《かす》かにだが聞こえてくる。

初めの頃は会話の内容に興味があったけれど、今では知るのが怖くてあえて意識を逸らしていた。

考えれば考えるほど、美雪の行動には不可解な点が多い。

夫の石田もいずれ帰国すると言っていたが、まだ具体的な日にちは教えられておらず、聞いてもなぜかはぐらかされてしまうのだ。

――止めよう。眠れなくなる。

冷たい水を飲んで、淳は毛布を被ると無理矢理瞼を閉じた。


翌日は土曜日だったので、バイトも大学もない。司郎は相変わらず早朝から会議だと言って、朝食も取らずに仕事へ行ってしまった。

そうなると、淳のする事はただ一つ。

「ねー、淳。今日のおやつ、なんだっけ？　シフォンケーキが食べたい気分だから、後でパティシエさんに頼んできて」

朝食後、客室のソファに寝そべりインテリア雑誌を捲《めく》る姉には、遠慮という感覚がないらしい。

「……いくらお客さんでも、その態度はないよ。昔はあんなに、『自立しないと』って言ってたのに」

上倉からの援助は最低限に留《とど》めていたことは、既に淳も知っている。しかし今の姉は、すっかり司郎の厚意に甘えきっているようにしか見えない。

「いいのよ。可愛い弟を嫁に出すんだから、意地悪な小姑するって宣言したでしょ」

どこまで本気なのか、淳には全然分からない。

一週間前に来たばかりだというのに、すっかり上倉邸で寛ぐ姉の話し相手兼使い走りとして過ごさなくてはならない。とはいえ、美雪は身だしなみも服も完璧だ。

カジュアルだがきちっとしたパンツスーツに身を包み、髪も化粧も完璧にしている。執事やメイドが来れば、それまでだらけていたなんて思えないほどの豹変ぶりで、『良き姉』を演じている。

昔から家の中と外では態度が違うので、周囲の大人達は皆上手く騙《だま》されていた。

――伸一義兄さんも、これでだまされたのかな。

聞きたい事は沢山あるのに、どう切り出せば良いか分からず時間だけが過ぎていく。

「今日は随分のんびりしてるけど、仕事はどうしたの。あと買い物は行かなくていいの？用意しないといけないものがあるとかって、騒いでたじゃん」

「お仕事は伸一君からの連絡待ち。買い物はー……」

大きな欠伸《あくび》をする美雪の目は、心なしか眠たそうだ。

――毎晩、遅くまで起きてるんだ。

化粧をしているから目立たないけれど、よく見れば目の下にうっすらと隈ができている。

何をしているのかと意を決して聞こうとする淳より先に、姉が欠伸混じりに続ける。

「そうそう買い物。あれねー……大きな物は大体揃えたから、あとは上倉家で使ってるデパートに連絡して、カタログ持ってきてもらって通販するの。外商寄越すって言われたけど、のんびり選びたいし。だから暫《しばら》くはここでごろごろするわ」

そういえば、数日前に配送業者が大量の荷物を運び込んでいたのを思い出す。業者に尋ねると『衣料品と家具です』と言われて、その時は姉の図々しさに呆《あき》れかえっただけだった。

——やっぱり、こっちで暮らすんだ。

この数日は、何を買っているのかも姉は話さなくなっていた。根掘り葉掘り聞くのも気が引けるので、さりげなく購入品を聞き出そうとしているけれど、口の達者な姉に敵《かな》うはずもない。

「……支払いって、司郎さんなんだよね。もう少し控えたら……」

「いいの！　この程度の我が儘《まま》で根を上げるような人じゃないでしょ」

どうしてか美雪は、不機嫌になってしまう。甘えることを咎めたのが、不味《まず》かったようだ。

そんな美雪の態度に、淳の不審は益々深まる。

美雪の行動の真意が読めず、淳は考え込んでしまう。当たり前だが、司郎も美雪の買い物を知っている筈なのに咎めるような事はしていない。

——やっぱり、きちんと聞いた方がいいよな。

こんな不安な気持ちを抱えたままでいるのは、辛すぎる。淳は姉も司郎も大切に思っているから、どんな答えが返されても受け入れるつもりでいた。

実は愛し合っていると言われたらショックを受けるだろうけど、反対するつもりは微塵《みじん》もなかった。

ただ、身を引くようにと言われたら、きっと自分は身勝手な返事をしてしまう。それで姉を傷つけてしまうのが怖かった。

でも司郎に対する気持ちを、いつまでも隠し通せはしない。

「あのね、お姉ちゃん。話が……」

「どうしたの青い顔して！　まさか司郎さんに、酷い事されたの？」

だらけて寝そべっていた美雪が、勢いよく飛び起きて向かいのソファに座る淳に詰め寄る。

話を遮られただけでなく、般若《はんにゃ》のような形相《ぎょうそう》で問われ淳はもやもやとした気持ちを一瞬忘れた。

「酷い事って？」

「正直に話していいのよ。わたしは淳の味方なんだから！　ほら、夜の事とか。やっぱり無理強《じ》いされてるんじゃない？」

つい数日前、否定したばかりなのにやはり姉は信じていなかったようだ。

二人の関係をお膳立てしたのは姉だと聞かされていたが、こうも直球で来るとは思わず淳は真っ赤になる。

「そんなことないよ！　優しくしてくれるし、仕事が忙しいからなかなか会えないときは、必ず朝と夜にメールくれるし」

「意外とマメね。あの男。でもね、騙されちゃ駄目よ。そうやって甘い顔して、淳が無防備になったら何するか分からないんだから」

苦々しげに言う美雪の目は、完全に据わっている。

今の言葉だけなら、美雪は司郎を嫌っているとしか思えない。

「でも最近、元気ないじゃない」

自分の来訪が原因だと、美雪は微塵も思っていないようだ。

「嫌なら正直に言いなさい」

「司郎さんは本当に悪くないってば。ただ僕が……上倉の家に慣れてないだけで……食事も洗濯もして貰っちゃって、申し訳なくて」

まずは姉の誤解を解かないと話が進まないと思い、淳は素直に上倉家での慣れない生活の話をする。

「堂々としていればいいのよ。今なんて誰も見てないんだから、ごろごろすれば？」

「お姉ちゃんみたいに切り替え早くないし」

アパートに住んでいた時とは別世界で、常に身の回りの事はメイドがしてくれる。水を飲もうとしてキッチンに入ったら、『水をお持ちするのはメイドの仕事です』とメイド長に怒られたことも告げる。

するとと美雪は、けらけらとお腹《なか》を抱えて笑い出した。

「甘えちゃえばいいのに」

「何がおかしいのさ。こんなお屋敷で寛げるお姉ちゃんがヘンだよ」

「いいのよー。メイドさん達はそれがお仕事なんだから。淳がしている事は、仕事を取り上げているのと同じよ」

「でも……バイト先や大学まで送迎するとか言われて。流石に断ったけど……僕はどうしても甘えられないよ」

「それは流石に、過保護ね。でも上倉で暮らしていくなら、少しずつ慣れないと。この家にはそういう面倒なルールがあるんだから」

笑いながらも知った風に言う美雪に、また違和感を覚える。貧乏暮らしをしていたはずなのに、姉はここでの生活に全く引け目を感じていない。

それどころかまるで自分の家のように振る舞っていると、改めて気付く。

――お姉ちゃんは、上倉家に慣れてる?

自分や姉の友人達に、上倉家と同じレベルの生活をしている者などいない。だとすれば姉はやはり、上倉邸を何度か訪れていたと考えるべきだ。

不安を抑え、淳はさりげなく初めに聞こうと思っていた事を口にする。

「甘えすぎるのは、駄目だと思う……それとさ、お姉ちゃん。あまり夜中まで仕事してたら体に良くないよ」

一瞬、美雪の笑顔が引きつるのが分かった。長年一緒に居た姉弟だから分かる、些細な変化だ。

「──そうね。淳に諭されるなんて、思ってなかったけど……その通りだわ。あと数日したら手続きなんかも落ち着くし、大人しくします」

──はぐらかされた？　それと、手続きって……？

「あのさ、僕が言いたいのは」

「そうだ、淳にはまだ見せてなかったわよね。夏の休暇に、ドレスだけ着て写真撮ったの。伸一君てば緊張して、この後転んだのよ」

わざとらしいような、そうでないような微妙な間だった。淳は姉の顔を見ようとしたけれど、背を向けられてしまう。

父が亡くなってからずっと二人で支え合ってきたから、お互いに隠し事なんてない生活をしていたと淳は思っていた。でも今更だけれど、姉には姉の秘密があったのだと突きつけられた気がして言葉に詰まる。

酷い疎外感が襲ってきて、淳は泣きそうになったけれど必死に堪《こら》えた。

──絶対、お姉ちゃん隠し事してる。それも、司郎さんに関係する事だ。

疑問は確信へと変わった。でも振り返った姉とその手にしている物を見たらささやかな嫉妬心などどうでもよくなってしまった。

姉が差し出したのは、数枚のスナップ写真。白い清楚なドレスに身を包んだ美雪と、夫である石田が緊張した面持《おもも》ちで写っている。

「わー」

純粋な気持ちで、淳は姉の晴れ姿を綺麗だと思った。

「白いドレスはね『貴方《あなた》の色に染まります』って意味もあるんですって。伸一君になら、半分くらいは染められてもいいかなー」

「半分て、ひどいよ」

姉らしい言葉につい笑ってしまう。本当に石田と結婚したのか、それとも心は司郎の物だと言いたいのか、真意は分からない。

でも純白のドレスに包まれた姉は、身内びいきを抜きにしても十分美しい。

——いいな。

既に自分の身も心も、司郎の色に染まっている。けれどそれは、生涯胸に秘めていなければならない。確かめてはいないけれど、この数日司郎と美雪が深夜の密会を重ねているのは事実だ。淳にとって悲しい未来を予測させるには、十分すぎる。

——司郎さんの愛人にして欲しいって頼んだら、お姉ちゃんでも嫌がるのは分かってる。

でもこれだけは許して欲しい。

「どう、姉の晴れ姿に驚いた？」

肩を叩かれて、淳は我に返る。

「お姉ちゃんが綺麗で、見惚《みと》れちゃった」

「ありがと」

ふと横顔を見て、淳は困惑した。姉の目尻には、確かに涙が浮かんでいる。本人も気がついたのか、わざとらしく大きな声で笑い、人差し指で涙を拭う。

「やだー、わたしったらついこの間の事なのに、思い出して自分で感動しちゃった！」

気にしない振りをして視線を写真へ戻し、そっと姉を窺う。するとやはり、淳の視線が外れた途端、美雪は複雑そうな表情を浮かべ小さくため息をついた。

本心を聞き出すなら今がチャンスだと思ったけれど、姉の態度を見ていると不審感ばかりが募ってとても問う勇気が出ない。

──男の僕がドレスを着たって、綺麗になんてなれないのは分かってる。

でもこんなふうに、司郎の横に居られたらと思ってしまう。

情けないし、未練がましい。

複雑な思いを隠すように、淳は写真に見入る振りをして視線を落とした。

その夜、淳は寝たふりをして美雪が来るのを待った。

だが美雪の来る気配はなく、代わりに司郎が部屋を出て行く足音が微かに聞こえる。

――昼間の会話で、僕が二人の話を聞いてることに気がついたんだ。

衝動的に淳はベッドから出て、そっと姉の滞在する客室へと向かった。何をするつもりもなかったけれど、嫌な予感が膨らんで胸が押しつぶされそうになる。

――そういえば、手続きが落ち着くって言ってたし。やっぱり石田さんと離婚？ それとも初めから偽装で、司郎さんとの結婚が……。

考えている間にも、姉の部屋は近づく。

いっそ初めから、隠し事などせず自分に伝えて欲しかった。

姉は淳と司郎の仲を見極めると言った。そして司郎も、淳への愛を口にした。その全てが嘘でも、二人を恨む気持ちはない。

きっと二人とも、淳の気持ちを知っていたのだろう。でなければ、こんな芝居を打つ理由はない。

――お姉ちゃんは僕を育ててくれた。司郎さんも見守っててくれたんだ。

姉と司郎の苦労を思えば、短い夢を見られただけでも自分は幸せだ。叶えてはいけない恋を黙認してくれていたのだから、もう自分は身を引く時期だろう。これ以上知らない振りをしていれば、厄介者扱いされるに決まっている。

そうなったら、愛人になりたいと頼んでも嫌がられてしまうだろう。

——馬鹿な考えだって、分かってる。それでも僕は、司郎さんの側に居たい。

意を決して、淳は美雪の部屋のドアを開ける。

「お姉ちゃん、司郎さん。二人は付き合っているんでしょう？　僕に嘘を言う必要はないから結婚しなよ！」

「淳？　どうしたの」

「結婚？　何故だ……とりあえずこっちに来なさい。パジャマだけだと、風邪を引くぞ」

ノートパソコンを間に置き、テーブルを挟んで座る二人が困惑した様子で淳を見つめる。

「だって二人は、好き合ってるんでしょう？　毎晩ずっと二人で話してるし……僕に秘密で帰ってきて、今だってなにを相談してたの！」

自分には『仕事が忙しいから寝ていなさい』と言いながら、司郎はこうして美雪と毎晩会っていた。それが揺るぎない証拠だと淳は思う。

なのに司郎も美雪も、怪訝そうに自分を手招く。

「淳、おいで」

「エロ野郎は黙って。淳、こっちに来なさい」

「相変わらず口が悪いな。もう少し慎みを持った言い方があるんじゃないのか」

何故か司郎と姉が見えない火花を散らし、淳の誘致合戦になってしまう。そんな二人の姿を見て、淳は扉を開けたときの勢いを失う。

とりあえず淳は、姉をこれ以上怒らせないように、美雪の座る二人がけのソファに腰を下ろす。あからさまに司郎が落胆の表情を見せたが、彼は一人がけの椅子に座っているのでこればかりは仕方がないと心の中で謝った。

「それで二人は、なんの話をしてたの」

「司郎さんが淳をどう扱っているか尋問よ。黙って帰ってきたのは、抜き打ち検査みたいなもの。本当よ、あらかじめ連絡したら、つまらないし」

「まだ私の淳君への想いを信用してくれないのか？」

「当然よ。今だって、淳があなたと離れたいって言ったら、すぐにでも連れ出すわ」

左腕を摑まれ、姉の側に引き寄せられる。司郎が更に悲痛な表情になり、流石に胸が痛くなってくる。

——これって、僕がお姉ちゃんの側に居るから……嫌なの？

「えっと、司郎さん……お姉ちゃんが好きなんじゃ？」

「そんなことはない！　私はずっと君を見ていた。愛しているのは君だけだと何度も言っただろう？　信じてもらえないなら、毎日君が納得するまで告白も求婚もする！　愛してる、淳」

姉の前だというのに大声で熱弁を振るう司郎に、淳の方が恥ずかしくなる。騒動を引き起こしたのは自分なので強くは言えないけれど、必死に司郎へ訴えかける。

「分かったから……もうちょっと声を抑えて下さい……」

深夜でもメイド達は、いつ主人やお客に呼ばれても対応できるように、交代でキッチンの隣にある夜勤室に詰めている。この部屋から騒ぎが聞こえると思わないが、万が一聞かれたらと考えるといたたまれない。

「分かってくれたなら、こちらへ来てくれ」

差し伸べられた手を取ると、強い力で司郎の膝へと引き寄せられた。背後でわざとらしい大きなため息が聞こえ、淳は耳まで真っ赤になる。

——何だか、考えてたのと違う。

淳が予想していた状況と、現状は全くかけ離れていた。淳の問いかけに二人は驚きながらも恋仲だと告白し、自分は浅ましく司郎の側に居させて欲しいと懇願する……筈が、何故か司郎の膝に横抱きにされている。

「どうして突然、馬鹿な事を言い出したの？　私だって司郎さんと結婚なんて一度も考えたことないわ。愛してるのは伸一君だけよ！」

本気で怒っているのは、姉の刺々《とげとげ》しい口調で分かる。けれどそう言われても、納得はできない。

すると淳の心を見透かした様に、美雪が予想もしていなかった告白をする。

「大体、わたしのお腹には伸一君の赤ちゃんがいるんだから！」

「うそ……でもお姉ちゃん、お腹出てないし」

「これでも五ヵ月よ。エコー見る？」

側に置いてあった仕事用らしい鞄から、美雪は数枚のエコー写真を出して机に並べる。

「そうか、淳は知らないもんね。妊娠て結構個人差があるのよ。臨月になっても、少しお臍の辺《あた》りが張ってるかなっ？　って人もいるのよ」

姉としては夫である伸一との新婚生活をもう少し楽しみたかったようだけれど、これ以上月齢がすすむと長時間のフライトはできないと教えられ、泣く泣く妊娠五ヵ月目に帰国を決めたのだという。

確かにギリギリまで仕事をしながら出産するのであれば、日本の方が色々と都合がいいのは分かる。

「じゃあ、あの買い物って……」

「新居の家具よ」

大量に運び込まれた荷物の答えをあっさり言われ、拍子抜けしてしまう。

「ベビーベッドなんかはまだ新居が決まってないから、こっちに置いてもらってたのよ。業者だと保管料がかかるからね」

背後の司郎を肩越しに振り返って見ると、美雪の言葉を肯定するように頷かれた。

「どうしてそんな事、考えたの」

「だって、見せてもらった写真……ドレスも普通ので。体型も変わってないし」

「写真撮った頃は、まだ妊娠初期だから目立たなくて当然よ。それに最近のは、デザインで体型隠せるウエディングドレスも多いの。ちなみに、今着てる服もマタニティ用よ。お腹膨れてるけど目立たないでしょ」

説明され、誤解は解けているのになんだかもやもやとした感情が収まらない。もうこうなったら、蟠《わだかま》っている気持ちを全て口にしようと決めた。

「お姉ちゃんも司郎さんも。僕の事は気にしないで、正直に話してよ。二人は好き合っているんでしょう？」

「もう！　なんて言ったら信じてくれるの？」

理由を並べられても、何故二人が自分に何も言わず夜中の密会を続けていたのか全く分からない。

「だって……わけ、わか……ないよ……」

司郎の膝に座らされた淳が耐えきれず、涙を零す。

「やだ、淳。ごめんなさい」

「誤解させてしまってすまない」

「もう……いいです」

こんな風に誤魔化されるのは、予想外だ。二人は淳が求める答えを分かっているはずなのに、肝心の話はしてくれない。

「僕、信用されてないんだね」

俯《うつむ》き、目尻に浮かんだ涙を袖で拭う。

抱きしめて引き留めようとする司郎から逃れようと身を捩《よじ》る淳の耳に、ノートパソコンから声が聞こえてきた。

『三人とも落ち着いて』

「伸一義兄《にい》さん？」

画面を見るとネット通話の表示と、ライブカメラの映像が映し出されていた。にこやかに微笑む男性は、姉の夫である石田伸一だった。父を早くに亡くした淳にしてみると、理想の父親のような人物だ。

『久しぶりだね、淳君。元気そうで良かった。こっちは今、明け方だよ。揃って話ができる時間が今しか取れなくてね』

言われてよくよく画面をみれば、伸一の背後に映っている窓の外は綺麗な朝焼けだ。

――時差……そっか！

「ええと……こんばんは、おはようございますかな？　伸一義兄さん。あのどうしてこんな時間に……」

伸一の居るアメリカとは、当然だが時差がある。三人で話をしていたと言われれば、辻褄《つじつま》は合うけれど、ここまでして何を話していたのか気になった。

『え、美雪ちゃん。なにも話してなかったのか』

参ったなと苦笑しながら、伸一が続ける。

『美雪ちゃんが妊娠しているのは本当だよ。ただ低体重で生まれる可能性が高いって診断されてね。それで相談して、出産は日本ですることにしたんだ』

「そう、なんですか……」

「言うと淳、わたしより心配するでしょう。だからどう伝えようか考えてるうちに、時間が経っちゃって」

確かに淳も、姉ほどではないけれど唯一の肉親である美雪の言動には過敏になる。辛いのは姉だと分かっていても、考えすぎて寝込んでいた可能性が高い。

『あと、仕事だけど。司郎君がこっちで新しく事業展開する話が決まってね。その企業ロゴとか、デザインを一式発注してくれたんだ。勿論うちだけじゃ纏《まと》めきれない仕事だから、信頼できる仲間を誘ってるんだけど、司郎君の確認も必要だから……まあ本格的な打ち合わせの下準備って所かな』

「はあ……」

伸一がデザイナーだとは知っているし、国内外でも認められ始めていると渡米する前に姉が散々自慢していた。しかしそれだけ大きな仕事を任されたとなれば、連日の打ち合わせも頷ける。

『美雪ちゃんも、淳君に説明してあげて。君が淳君の事をとても大切に思っているって、きちんと伝えないといけないよ』

静かだが有無を言わせない圧力で諭され、美雪が項垂《うなだ》れる。こんな姉を見られるのは、滅多にない。これまでは伸一が姉の我が儘に振り回されているのだと思い込んでいたが、どうやら違うようだ。

『淳君、美雪ちゃんは君の事をとても大切に想ってる。そして司郎君との関係も、聞いているよ』

ぎくりと体が強《こわ》ばるが、伸一は責めたり呆れたりする様子はない。

「あの、僕……」

『そんな緊張しないで。難しい事を言うつもりはないよ。幸せになれれば、どんな形でもいいんじゃないかと私は思ってる。互いを理解して、尊重し合える相手ならそれだけで十分だろう?』

同性同士の恋愛を、伸一は何の偏見もなく受け入れているのだと口ぶりから察せられた。伸一も両親を早くに亡くしていると、以前直接聞いていた。自分達とは違いはあるが、苦労してきたのも知っている。

だからなのか、伸一は性別云々《うんぬん》ではなく性格を重視しているのだ。

『もっと早くに、きちんと話をしていればよかったね』

——じゃあやっぱり、お姉ちゃんは結婚してたんだ。でも……。

「三人とも大人だけど、僕はどうしても不安なんだ。こんな事聞くのは、意味のない我が儘だって分かってる。それでも……お姉ちゃんと司郎さんは、付き合ってたのか知りたい」

「なんでそうなるのよ」

『不安なのは仕方ないさ。丁度いいタイミングだから、どういう関係だったかも話してあげなよ』

「司郎さんからは少し聞いたけれど、お姉ちゃんの気持ちが知りたいんだ」

彼は姉と司郎の関係を知っているようだ。

それで余計に、淳の中で疎外感が強くなる。

『淳君ももう大人だ。それにやましいことはないんだから、説明するべきだよ』

「そうだな。誤解を解くためにも、美雪さんが話した方がいい。私は余り聞きたくないが」

何故か司郎も美雪も眉《まゆ》を顰《ひそ》め、同時にため息をつく。

ある意味、息は合っているのだろう。

なのに視線を合わせれば、不穏な空気が漂う。

「じゃあまず、どうしてわたしと司郎さんが付き合ってるだなんて誤解したの？」

「だってお葬式の日……お姉ちゃん、司郎さんに抱きついて泣いてたから」

あの姿を見たら、幼心にも姉と司郎は仲が良いと思うのは当然だ。当時はそうと分からなくても、時が経てば『泣き崩れる姉を優しく抱き留める司郎』という構図がどういう意味を持つかなんとなく理解する。

今は恋愛感情がなくても、当時は何かしら関係があったはずだと淳は続ける。すると不意に美雪が机を叩き、声を張り上げて淳の話を遮った。

「まだ覚えてたのっ？　あの時の淳、疲れ切って寝ちゃったから忘れてるとばっかり……」

目を見開く美雪は、本気で驚いていてると分かる。そして司郎はといえば、額に手を当てて悪夢でも思い出したような顔をしていた。

「父さんの葬式は突然だったでしょ、親戚も私たちの事厄介者扱いだったから流石に堪えたからね……弱気になっちゃってたのよ。でも司郎さんが淳を宥《なだ》めてる姿見たら、気力が湧いてきたの『この子を守れるのは私しかいない』って」

口元は笑っているが、美雪の目は完全に据わっている。

「それに、あれは馬鹿な親戚から逃げる演技だったし」

「やはりそうか」

呆れたように肩をすくめる司郎に、淳は小首を傾げる。幼心にも、美雪も司郎も演技をしているようには思えなかったからだ。

「丁度あの時、私と淳をどうするかで遠縁の親戚が揉《も》め出しちゃって。施設に入れるなんて話も出たから、逃げたかったのよ」

そういえば、葬儀の時に数人の親族が来ていたような気がする。年配の、顔も見たことのない中年の男女が、声を荒らげて話し込んでいたと思い出した。

幼心にも、彼らが自分と姉に良い印象を持っていないのは感じ取れたので、淳はできるだけ離れていたのだ。

「だから司郎さんが来てくれて助かったわ。体裁だけ気にして、私と淳を施設に入れようとする馬鹿な人たちを叱《しか》ってくれたら有り難かったんだけど」

「流石に葬儀の席で、他家の人間が口を挟むのは難しい。明らかに君が演技をしていると分かったから、私なりに君の立場が良くなるよう合わせただけだ」

「ホント、あの時は助かったわー。司郎さんとわたしが友人だって勘違いした途端、親戚達ってば施設じゃなくて誰が引き取るかで揉め始めたものね。あれもウザかったけど。お陰で施設送りからは逃げられたし」

心から感謝しているとは思えない美雪の口調に、淳は我が姉ながら呆れかえる。

せめて謝罪くらいして貰おうと口を開きかけるが、再び美雪がしゃべり出す。

「今回戻ったのも、淳が貴方の所に収まってから妙な事されてないか監視しに来たのよ。抜き打ちの方が、隠し事しにくいでしょう」

「小姑って……本気だったの……お姉ちゃん？」

「赤ちゃんのことも全部本当よ。でもわたしは、淳も心配なの。こんな男に預けるしかない、情けない姉を許してね」

大げさな泣き真似をされて、なんと言えばいいのかも分からない。一方、司郎と伸一は慣れているのか、軽く肩をすくめただけだ。

――お姉ちゃんの本性知らないのって、もしかして僕だけ……？

がさつで強引な姉とばかり思っていたが、淳に見せる姿の方が猫を被っていたのだとやっと理解する。

「もしも淳を泣かせるような真似をしたら、すぐに返してもらいますからね」

「するわけがない」

「大体、貴方と淳が一緒に居られるように根回ししたのは、わたしなんだから。感謝しなさいよ」

「どういう事だ、美雪さん」

『根回し』という言葉が初耳だったのか、司郎が怪訝そうに聞き返す。

「改めて言うけど。父の葬儀の日、司郎さん淳に一目惚《ぼ》れしたでしょう」

「それはそうだが……」

認める司郎も大概だけれど、僅かな時間で見抜いていた姉の洞察力に脱帽する。

「いいのよ、年齢のことは目を瞑《つむ》ってあげる。アブナイ人ねーって思ったけど、手を出さなかったからまあいいわ。それにね、運命の相手って一瞬で分かっちゃうものみたいだから。なんだかんだで、淳もずっと司郎さんの事を忘れられなかったわけだし。わたしも伸一君とは、一目で恋に落ちたしね」

惚気《のろけ》と嫌味を容赦なく話す美雪に、司郎は忌々《いまいま》しげに眉を顰めている。

「正直淳を連れて逃げたかったけど、資金はないし貴方に頼るしかなかったの。でも弟を差し出すような真似はしたくなかったから、この十年試させてもらったわ」

司郎は本当に淳だけを愛せるか。そして守り通せるか。それまでと打って変わって真剣な表情をみせる姉だが、淳にはどうしてそこまで拘《こだわ》るのか分からない。

「なんで試す必要があったの？」

「上倉が援助していると知れば、胡散《うさん》臭い大人がお金目当てに群がるのよ。その排除、生半可な覚悟じゃできないからね。司郎さんが心変わりしたら、完全に上倉と関係は絶つつもりでいたわ」

「美雪さんの決意は、本当だよ。年に何回かこの家を訪れて、散々質問責めにされたのはいい思い出だ」

「あら、わたしには嫌な思い出だけど」

「……君は本当に、変わらないな」

「お姉ちゃんて、初めて来たときからこうなんですか」

あきらめ顔で首を横に振る司郎の袖をそっと摑み、小声で尋ねる。

「ああ……当時健在だった祖父曰《いわ》く『歴代の時田の当主そのままの性格』らしい。それでこちらの親族にも気に入られていたんだよ」

横暴としか思えない姉の言動は、上倉側から見れば『卑屈にならず対等に振る舞える相手』と良い意味で解釈されていたのだろう。

「わたしはともかく淳が心配だからね。だったらいっそ、完全に上倉家で保護してもらおうと考えたわけ。司郎さんにも秘密で、おじさま達とも会ってたのよ」

没落した時田家を心配する親類はいなかったが、上倉と繫がりがあれば話は別だ。利益目当てに姉や淳を引き取ろうとする者が現れても、当然と言える。

「ま、司郎さんの気持ちは変わらなそうだったし。あとは上倉のおじさま達が問題じゃない？おじさま達は、わたしと司郎さんを結婚させたがってたけど絶対嫌だったから、それとなく諦められるように誘導していったのよ。決定打を出す二十歳までの四年間、長かったわー」

思い切り芝居がかったため息をつく美雪に、男三人は固まったままだ。いくら上倉家が気にかけている時田家の娘といっても、高校生の頃から司郎の両親を話術だけで懐柔しようと考えていたなど信じられない。

上倉家からの手助けを断りに行くという口実で、美雪は司郎とは別に彼の両親とも話し合いの場を持っていたのだ。

しかし美雪は、こうしてやってのけてしまった。

「決定打？　何を言ったんだ」

「なかなか諦めて下さらないから…。司郎さんが淳に片思いしてるってお話ししたのよ」

「お姉ちゃんっ」

「君は……」

唖然《あぜん》として言葉もない司郎と淳に構わず、美雪は薄く笑う。弟思いの姉と言えば聞こえはいいが、どう見ても悪人の笑みだ。

「だからあなた、お見合い殆ど来ないでしょ？　来ても形だけで、断れる相手じゃない？」

姉の言葉に心当たりがあるのか、司郎が眉を顰める。

「私は君の、そういうデリカシーのない所が理解できないんだ」

「されなくて結構よ。わたしは伸一君と淳が幸せになれれば、それでいいの。あなたのささやかなプライドなんて知らないわ」

けらけらと笑う姉を、淳は呆然《ぼうぜん》と見つめる。

昔から口が達者なのは知っていたけれど、なんの後ろ盾もないのに堂々と上倉家と渡り合い説得までしていたとは思ってもいなかった。

そして全てを知りながら姉を愛し、結婚までした伸一は素晴らしく心の広い人物なのだろう。

「こんな姉ですが、改めて宜《よろ》しくお願いします」

『いえ、こちらこそ』

「こんなって何よ！　伸一君も淳も、目と目で会話しないでよ！　司郎は笑うな！」

モニター越しに頭を下げ合う二人に、美雪が真っ赤になって憤慨する。頬《ほお》を膨らませて怒鳴る姉は可愛らしいが、その腹の中が真っ黒だと淳はやっと理解した。

ともかく誤解は解けたが、同時に淳はいたたまれない気持ちになる。

自分のしたことは、姉と義兄、そして恋人を傷つけた。

「……ごめんなさい。こんな言葉じゃ、許してもらえないのは分かっています」

余計な勘ぐりを入れて家族に波風を立てる淳を、側において置きたくないと言われても仕方がない。

「お姉ちゃん伸一義兄さん。司郎さんも、すみません」

呆れられるかと思いきや、大人達は優しい眼差しを淳に向けている。

『子供だと思って、難しい事や汚い部分を隠していた結果がこれだ。君たちは、淳君と向き合うべきだよ』

「全くその通りです。反論の言葉もありません」

謝罪する司郎を、伸一が片手で制する。

『淳君』

「はい」

画面の向こうにある細面の柔和な笑顔。記憶にある父とは全く面影が違うけれど、どこか人を安心させる雰囲気はそっくりだ。

『美雪ちゃんは言わずもがなだが、司郎君も相当我が強い。そんな相手にはね、遠慮したりせず気持ちをぶつけることが大切だよ』

「でも……」

反抗、という程ではないけれど、我が儘を言うのは苦手だ。

『あの二人はね、私から見ても過保護だって思うくらい君を好いている。君の言葉なら何だって聞くよ』

にっこり笑う伸一に、少しだけ肩の荷が下りた気がする。

けれど淳の心には、どうしても払拭しきれない疑問が残っていた。

「あの、最後にもう一つ聞きたいんだけど。僕にお姉ちゃんと伸一さんのウエディング写真見せてくれたとき、お姉ちゃん元気なかったのはどうして？」

写真を見せてくれたときの姉の目には、確かに涙が浮かんでいた。写真を撮ったときの感動を思い出したという雰囲気ではなく、明らかに悲しんでいたから理由を聞くのも躊躇《ためら》われたのだ。

「だから……嫌々撮った写真なのかなって思ったんだ。本当は司郎さんと撮りたかったのかなって……」

「淳が司郎さんとの式でドレス着せられるのかなって思ったら、苛々《いらいら》しちゃって。それで機嫌が悪かったのよ」

「可愛いからいいだろう。白無垢《しろむく》も用意する」

「淳ならドレスでも着物でも似合うって分かってるわよ。納得いかないのは、貴方と結婚するって事！」

今度こそ本気で殴り合いが始まりそうな勢いに気圧《けお》されていると、画面から苦笑と共に声が聞こえる。

『今日はもう、お開きにしよう。美雪ちゃん、こっちの仕事は引き継ぎの目処がついたから、近いうちに戻れるよ』

「本当？　伸一君が戻ったら、大好きなロールキャベツ作るからね！」

それまでの般若のような表情は消え、姉はまさに夢見る少女の顔で画面越しに石田を見つめる。頭の中には司郎の存在どころか、淳がいる事さえ消えていそうだ。

『だからもう、淳君と司郎君を困らせたら駄目だよ』

「はい、ごめんなさい」

――すごい……お姉ちゃんが謝ってる。

それから伸一とはお休みの挨拶をして、通信を切った。すぐに室内には不穏な空気が漂うけれど、伸一の言葉が功を奏したのか早々に美雪は二人を部屋から追い立てる。

「ごめんね、淳。お休みなさい」

「おやすみ」

無言の司郎に手を引かれ部屋を出ると、静かに扉が閉められた。


司郎と共に部屋を出た淳は、思い切って胸に蟠る気持ちを告げた。

「……仲が悪いって言ってたけれど、やっぱり僕にはそう見えませんでした」

姉が伸一を好いているのは本当だろうし、石田の手前頷かないのも大人げないと思ったからあの場は理解した振りをしたのだ。

しかしいくら姉が石田を好きだと知っても、司郎の気持ちはまだよく分からず不安が拭いきれない。

「今だから言えますけど、僕は覚悟を決めていたんです。お姉ちゃんと司郎さんが結婚しても……司郎さんの愛人でも構わないから、側に置いて欲しいって」

最低の願いだ。

大切な姉を傷つけると分かっていて、愛人の座を望む。黙っていれば分からなかっただろうけど、こんなにも酷い考えを持っている自分でもいいのかと司郎に問いたかった。

「馬鹿な事を言うんじゃない！　いや、そう思わせてしまったのは、私の責任だな」

ふわりと体が浮き、司郎の顔が近くなる。自分が司郎に横抱きにされていると分かり、淳は耳まで赤くなった。

「私が愛しているのは、淳。君だけだよ」

「司郎さん……」

そのまま寝室へと歩いて行く司郎の腕の中で、淳は真っ赤になった顔を隠すように体を丸める。

深夜だからメイドと鉢合わせすることはないだろうけど、万が一見られたらと思うと恥ずかしくてたまらない。

時折、司郎が前髪越しに額へキスを落とす。その度に、淳の鼓動は早くなった。

大切に愛されていると分かるから、余計に先程の遣《や》り取りを思い出すと辛くなる。司郎が片手でドアを開け、体を丸めたままの淳をベッドへ下ろす。

「気が合わないのは本当だ。申し訳ないが、美雪さんとは同族嫌悪とでも言うのかな。私もだが……大切にしたい相手にだけ、笑顔を見せられればそれでいい」

口づけを繰り返しながら、司郎の手が淳のパジャマをはだけていく。少し指が肌を掠《かす》めるだけで、肌が粟立《あわだ》つ。

「彼女は表に出すけれど、私は立場上感情的にはなれないからね。そういう意味でも、正面からぶつかれるのは美雪さんだけだ」

「狡《ずる》いです……んっ」

愛撫に蕩けそうになりながら、淳は必死に言葉を紡いだ。

「どうして？」

「僕は司郎さんの……本心を見られないって、事ですよね」

姉に恋愛感情はないと納得したものの、本音で話ができないと宣言されるのも辛い。

「そういう意味じゃないんだ。もう君には酷い醜態を曝しているし、これ以上……その、嫌われたくない」

「醜態？　僕に嘘をついて、家に帰そうとしなかった事ですか？」

「そうだ」

普段は堂々としている司郎が、気まずそうに視線を逸《そ》らす。

——もしかして、困ってる？

大企業の御曹司で、何でも完璧にこなす彼が、何の取り柄もない自分を愛してくれている。それだけでも嬉しいのに、淳の気持ちを尊重してくれているのだ。

事情も知らされず監禁されたときは怖かったけれど、本気で彼を嫌いにはなれなかった。

「司郎さん、好きです。格好いい司郎さんも、困ってる司郎さんも。僕は全部好き」

「淳、君の言葉には救われるよ」

「そんな堅苦しい言い方しないで下さい。本音を聞けないのは残念だけど、司郎さんが僕を大切に思ってくれているのは分かるから」

どちらからともなく、唇を重ねる。

「……仕方がないだろう。美雪さんと同じような言い争いは、君とはできないよ」

「うん。僕も無理だと思う」

決して喧嘩がしたいわけではない。でも、もっとわかり合いたいと思う。

「それなら、淳と私でしかできない方法で本当の気持ちを伝え合おうか」

「どうやって？……あっ」

いつの間にかはぎ取られていたパジャマと下着を床に落とされ、淳は司郎の意図を理解する。

「可愛いよ、淳」

頬を染めて俯く淳は軽く肩を押されて、ベッドに自分から横たわった。

「久しぶりだから、後ろからにしようか？」

背後からの方が負担は軽いが、淳は首を横に振る。

「や……司郎さんの顔、見ていたい」

ぎゅっと抱きつくと、司郎の腕が抱き返してくれる。

「そう言ってくれて、嬉しいよ淳」

「司郎さんも、脱いで……ん、ぁ……」

言うと覆い被さっていた体が一度離れ、司郎がスーツを脱ぐ。サイドテーブルに置かれた僅かな灯《あか》りだけでも、彼の逞しい体つきが分かる。

見慣れているはずなのに、未だに淳は恥ずかしくて直視できない。

「どうしたんだい、淳」

「なんでも、ない。から」

早く、と消え入りそうな声で続ける。大好きな人と直接肌を触れ合わせ、セックスをするのだと想像しただけで下腹部が淫らに疼く。

「う……」

「少し触っただけで、硬くなったね」

「言わないで」

中心に司郎の指が絡みつき、軽く扱《しご》かれる。その先の快楽を期待した体は、鈴口から先走りを滲《にじ》ませて淫らな音を立てた。

指の腹に薄い蜜を絡ませると、司郎は震えている淳の後孔に指をふくませる。もう何度も経験している行為だから、淳は自然に息を吐いて下半身を弛緩《しかん》させた。

――司郎さんの、ゆび。

節の張った指で前立腺を弄られる。勃起した自身は、それだけで吐精してしまう。けれど淳の体は、もう射精だけでは収まらない。最奥まで雄を挿れられて、司郎に突き上げられないと満足できないのだ。

「……指、もう平気だから。司郎さんが欲しい」

「お強請りも上手になったね」

指が二本に増やされ、淳の後孔を広げた。

屹立した彼の雄が、内股に触れている。この長くて硬いモノが、これから与えてくれる快感を思うと、勝手に腰が揺れてしまう。

くちりと音を立てて、先端と入り口が触れ合った。淳は我慢できず自分から腰を上げて、いきり立つ剛直を含ませる。

指で解されたそこは雄の亀頭をあっさりと飲み込んだ。すると司郎も、焦《じ》らすことなく一気に腰を進める。

「あっぁ」

「すまない、淳が愛らしくて。加減ができない」

「いい、です……司郎さんの……好きに……して」

肉襞を押し広げて挿ってくる熱に、目眩《めまい》のような快感を覚える。

「あっん」

細い腰を摑まれ、後孔を逞しい雄に蹂躙されて嬌声は甘い悲鳴に変わっていく。快楽に蕩けきった体を責められて、淳は淫らにのたうつ。

「今夜の淳は、いつにも増して綺麗だ」

「っ……だって……全部、かんじ、ちゃ……ひっぁ」

びくびくと腰が震えて、もう何度目か分からない射精を迎える。既に蜜は薄く、量も少ない。

なのに後孔は司郎を食い締めて、快楽を強請り続けている。

「あ、ぁ……」

――い、くの……終わらない……。

司郎も淳の中に自身を埋めたまま、数度放っている。しかし硬さも反りも、さして変わっていない。

精が中に放たれる度、摩擦は消えて快楽が増幅されていく。

「しろう、さん……もっと……」

彼の背にしがみつき、淫らな刺激を強請る。応えるみたいに司郎の雄が奥を掻き混ぜ、全身が熱くなった。

「イッてるようだね」

長い絶頂に、声も出ない。司郎の恥ずかしい問いかけにもこくこくと素直に頷き、腰を上げて彼が動きやすい姿勢を取る。

「抱く度に、淫らになる淳はとても可愛いよ」

呼吸を乱さないように配慮してか、頬や額にキスの雨が降る。こんなにも愛され、可愛がってくれる人を疑ってしまった自分が情けない。

「す、き……」

「知っているよ。今回の事は、説明していなかった私が悪い。だから君は——」

私の事だけを考えて快楽を貪りなさい、と艶《つや》の混じる低い声で告げられた。


翌週になって、石田が約束通り帰国した。流石に長期間会社をあけるわけにはいかないので、今回は取り急ぎ一週間だけの滞在になる。

その後は担当医からネット通話で定期的に美雪の様子を連絡してもらい、問題なければ出産予定の時期に少し長い休みを取って再び日本に戻るのだと教えられた。

伸一が来ると、美雪は待ってましたとばかりに病院近くのマンションへの引っ越し準備に取りかかる。そして、上倉家の滞在を終える日が来た。

買い物をしていた時、淳は姉に連れ回され疲れ切っていたせいで購入した商品が何なのか気にする余裕もなかった。だが荷造りの手伝いをすると、山積みになっていた物は殆どベビー用品だと知り、『不倫かも』などと疑ってしまった自分を淳は恥じた。

どうにか引っ越しの準備も終え、上倉邸から出る日を迎えたがここからが問題だった。赤ちゃんは勿論だけれど、姉は弟の事も心配らしく門の前で淳の手を握りなかなか車に乗ろうとしない。

「――念のため、お医者さんから少し早く入院しましょうかって言われてるの。出産の時に伸一さんが来るまでは淳がうちのマンションに住んでもいいのよ。病院からも近いし……そうそう、病院は上倉の主治医も務めている総合病院だから安心よ。用があったら、伸一さんに連絡してね」

病院は上倉が懇意にしている所で、新生児の対応設備もしっかりしている所を選んだようだ。美雪があれこれ揃《そろ》えていた家具類は、伸一と姉が日本に滞在する間住むマンション用の物だと知る。退院してからは暫く日本で生活し、子供が落ち着いたら母子で渡米すると姉は笑顔で話す。

「大丈夫だよ、お姉ちゃんの子供だから。きっと元気に生まれてくるよ」

「……言い方が引っかかるけど、まあいいわ。心配してくれてありがとね。たまにお見舞い来てくれたら嬉しいな。あ、司郎さんはお土産だけナースステーションに預けて、部屋には来ないでね」

「分かっている」

身勝手な指定にも文句も言わず頷く司郎に対して、美雪の方は苛立ちを隠しもしない。

余計な事を考えず、素直に司郎の厚意だと受け止めれば済む事なのにどうしてか美雪の神経は逆なでされてしまうようだ。

「その『何でも分かってます。女子供には優しいです』って態度がやっぱり嫌いだけれど、設備の整った病院と近いマンションも紹介してくれたし、淳も幸せそうだから。一応お礼を言うわ、ありがとう。でも淳が少しでも嫌がったら、連れ戻すからね」

今にも噛みつきそうな顔で司郎を睨《にら》む美雪は、お礼を言っているのか宣戦布告なのか分からない。

――お姉ちゃん、全然お礼になってない。

「司郎君、淳君。お世話になりました」

これ以上話をさせると喧嘩になりかねないと判断したのか、慌てて石田が挨拶をする。

名残《なごり》惜しげに淳の手を握っていた美雪を、やや強引に上倉家の用意したリムジンの後部座席へ押し込むと、改めて二人に礼をして扉を閉めた。

「どうして石田さんのようなできた人が、美雪さんを……」

隣に淳がいるのを失念したのか、珍しく司郎が愚痴《ぐち》をこぼすが、途中で口を噤《つぐ》む。基本的に、司郎は女性を悪くは言わないのだ。

「お姉ちゃん、司郎さんの事苦手みたいだから。あんな態度取るんだと思います。司郎さんが怒るのも仕方がないです」

いくらお互いに苦手だと知っていても、流石に姉の方が言い過ぎだと思う。

車が見えなくなると、淳は改めて司郎に頭を下げる。

「すみませんでした」

「なんの事だい？」

「お姉ちゃんとのこと、疑ったりして……それと、我が儘言って」

「性格は合わないが、お互い本気で嫌っている訳じゃない。適度な距離があれば……それなりに上手くやっていけるんだよ」

言葉を濁す司郎は、明らかに事を荒立てないよう気遣っているのが見え見えだ。

——お姉ちゃん、これまで司郎さんになにしてきたの？

両親に、同性に対して恋愛感情を持っていると知らない間に暴露されていたと知っただけでも、ダメージは大きい。

しかし姉と司郎の遣り取りからして、それだけではないはずだ。

自分にとって姉は頼もしい存在だけれど、想像を遥《はる》かに超えた行動をすると分かり怖くもある。

「そうだ淳。美雪さん達の引っ越しで話ができなかったけれど、明日空《あ》いているかな？」

「はい」

明日は振替休日で、大学もバイトも休みだ。

「それじゃあ早速、予約を入れよう」

「なんのですか」

「ウエディングドレスの、オーダーをするからね。採寸の予約だよ」

当然のように言う司郎に、淳はどう答えればいいのか考えてしまう。

――ドレスって？

既に姉は式を済ませている。一体誰が着るのかと、淳は首を傾げる。

「あの、誰の採寸ですか？」

「何を言っているんだ。君のドレスの採寸だよ」

「……僕の……？」

当たり前のように言われて、淳は自分が間違っているのかと考えてしまう。

「この間、皆で話をしていた時に言ったのを忘れたのかい」

「え……司郎さん？　本気だったんですか！」

確かに自分は、司郎が好きだ。けれどドレスを着て挙式をするなんて、全く想像もしていなかった。

手を取られ、半ば呆然としながら屋敷への長い道を歩く。淳の頭の中は、様々な疑問符でいっぱいだ。どうして司郎は、自分にドレスを着せようとしているのか、そういえば姉も、けんか腰ではあったけど、言い合いの最中に淳が女装させられることに文句は言っていなかった。

——普通は、弟がドレスを着せられるなんて知ったら驚くか怒るかするんじゃないの？

そこへ更に、理解しがたい現実を突きつけられる。

「白無垢と色打掛の用意も、順調に進んでいるよ。反物は織るのに時間がかかるから、先に作るよう注文しておいたんだ」

「あの」

「着物なら丈《たけ》の調節はできるけど、ドレスはその時の体型に合わせないといけないからね」

完全に司郎のペースで話が進むので、淳は慌てて遮る。

「待って下さい！　僕は男ですよ、ドレスなんて……それと今白無垢って言いましたよね。ドレスと違って、反物からだと、すぐに作れる物じゃないですよね」

「君をいつ迎えてもいいように、一年前から注文してあったんだ」

言われてはたと気付く。

一年前なら、まだ姉の許可は出ていない筈だ。

「君が十八になってから、できるだけ早く伴侶として迎えたかったからね」

待てなかったんだ、と少し照れたように続ける司郎を見て、何だか淳も気恥ずかしくなる。

そこまで思われて、嬉しくない訳がない。

「お姉ちゃんが駄目だって言ったら、どうするつもりだったんですか」

「淳を連れて逃げるに決まっている。私だって、美雪さんの言いなりになるつもりはなかったからね。淳は……私が迎えに行ったら、拒絶したかい？」

問われて、淳は首を横に振る。

彼に対しての確かな恋心を自覚したのは最近だけど、憧れの人であり続けたことに代わりはない。

——もし司郎さんが結婚して欲しいって言ってきてたら……。

淳は彼の手を握り返し、頬を染める。早くに司郎が自分を求めていても、きっと断れなかった。

「他の男の人だったら嫌だけど、司郎さんになら攫われてもいいです」

きっと自分は、姉が何を言っても振り切って司郎の元に行っただろう。

「部屋に戻ったら、ドレスのデザイン案を見ておこう」

好きな人から同じ想いを向けられているのは、純粋に嬉しい。だが、それと、ドレスを着ることは別だ。

意を決して、司郎に文句を言おうとする。けれど、幸せそうに微笑む彼の顔を見ると拒否の言葉が出てこない。

「……ずるいです、僕ばかり嬉しくて」

「どうして？」

「だって……僕は司郎さんに何もしてあげられないから」

大学の費用は父の保険金とバイト代で賄《まかな》っているが、それ以外の生活費は頼りっぱなしだ。それに夜の営みも、特別な技巧があるとは思えない。

むしろ女性的な柔らかさもないから、抱いていて退屈ではないかと思う時もある。

「私は君が側に居てくれるだけで、十分嬉しいんだけどね。君と居ると、気持ちが落ち着く」

「本当に？」

「ああ。君は美雪さんとは別の意味で、上倉の名を聞いても物怖《ものお》じしない人間だ」

それは当然の事と淳は思っているのだけど、司郎の生きている世界では色々と面倒が多いのだろう。

「こうして結婚の話をしても、普段と変わらない君が好きなんだ」

「結構動揺してますけど……」

それに返答はなく、司郎は苦笑して淳の頭を撫でる。丁度上倉邸の玄関が見えてきたので、

なんとなくその話題は終わってしまった。

その代わりに、また予想外の出来事が発生する。

ドアを開け中へ入ると、いつもは静かな執事の木村が分厚い封筒を持って小走りに二人の側へ来たのだ。

「司郎様。例の物が届きましたよ！」

「ああ、丁度良かった。開けてくれ。木村も見たいだろう」

直ぐにメイドも駆け寄ってきて、ペーパーナイフを執事に渡す。手際よく開けられた封筒の中身は、豪華な写真集のようなパンフレットだった。

表紙にはパーティードレスを着た女性が写っているけれど、普通のパンフレットとは明らかに違う。

「オーダーメードドレスの資料だよ。最新の物を送るように、デザイナーへ直接頼んであったんだ」

「じゃあ、これって……僕専用の？」

「決まっているじゃないか」

上倉家の財力と人脈を甘く見ていたと、改めて思い知る。

――僕、この家で暮らしていけるのかな？

開き直れる姉と違い、淳は基本的に思考回路が庶民だ。オーダーメードなんて単語を聞いただけで、頭が痛くなる。言葉もなく立ち尽くす淳を、司郎も木村も『堂々と構えている』と捉《とら》えているようだ。

「いやあ、綺麗ですなあ。清楚な淳様には、似合いますよ」

「木村もそう思うだろう？　このデザイナーは、若いがセンスがいいいんだ。カラードレスの候補も幾つか出すように頼んである」

——どうして木村さんも、メイドさん達もおかしいって言ってくれないの？

もう何を言っても、司郎の中では淳と式を挙げるのが決定事項らしい。

「美雪さんの出産が終わって、体調が落ち着いたら。美雪さんと伸一君を呼んで身内だけで式を挙げよう」

「お姉ちゃん、怒らないかな」

「呼ばない方が、怒るんじゃないかな。美雪さんも言っていたじゃないか、君にはドレスも白無垢も似合うって」

男である自分が、これらの服を着ることに誰も疑問を感じていない。見守るメイド達まで、にこやかに微笑んでいるからなんだかいたたまれない気持ちになる。

「待って下さい」

「嫌なのかい？」

「そうじゃなくて、僕は男だから似合わない……」

司郎を見上げると、悲しげな眼差しが返されて内心淳はため息をつく。

自分の男としての矜持《きょうじ》が……と考えたが、司郎への恋愛感情が勝った。

「……司郎さんが見たいなら、着ます」

「ありがとう、淳。これでやっと、君と家族になれるね」


その夜、淳は夢を見た。

真っ白なドレスに身を包み、教会で司郎と誓いのキスを交わす。

そして夢は、数ヵ月後に現実となった。

過去の恋

古びたノートは、書庫の隅にひっそりと置かれていた。

美雪《みゆき》の帰国に伴う一騒動が落ち着いて、半月が経《た》とうとしていた。

上倉《かみくら》邸での生活にも大分慣れてきたが、やはり一番落ち着く場所は屋敷の端にある書庫だ。アルバイトが休みで司郎が居ないとき、大体淳《じゅん》は書庫に籠《こ》もって本を読みあさっている。大学では文学部なので、レポート用の資料としても重宝していた。

その日は掃除がてら、書庫の奥に入って棚に溜《た》まった埃《ほこり》を払っていたのだが、ふと淳の目にタイトルの書いてない本が飛び込んできたのだ。なんとなく気になって手に取りページを捲《めく》ると、それは印刷物ではなく少し厚い無地のノートにペンや筆で何かが書き付けてあると分かった。

「……本じゃないな。覚え書き？」

上倉家の書庫には主に国内の文学全集や、近代に刷られた冊子が並んでいる。他にも江戸時代に書き写されたような古い図鑑まで、博物館レベルの本が置いてある。古本屋街で時々掘り出し物として売られている歴史関連の書物もあるが、一般人にはどれも手の届かない値の本ばかりだ。

けれど今手にしているノートは、並んでいる書物とは明らかに雰囲気が違っている。興味を持った淳は、ぱらぱらと紙を捲ってみる。

時間をかけて幾つかの文章を解読するうちに、ノートが書かれた年代がなんとなく分かってきた。

——紙は焼けてるけど、保存状態は良い方かな。墨もそんなに掠《かす》れてないし……明治時代、くらいかなあ？

確証はないが、所々にある日付を見ると大まかな時代は予測できた。文字も漢字とかなが混じり、古文ではない。書き手が達筆で万年筆で書かれている部分はどうにか解読できても、筆となるとお手上げだ。その夜、淳は木村《きむら》の許可を得て持ち出した資料を司郎に見せた。

「忙しいのにすみません。お願いがあって」

「淳の頼みなら、いつでも大歓迎だよ」

珍しく夕方に帰宅した司郎と共に夕食を終え、私室のソファにもたれて寛ぐ彼に話を切り出す。

「これなんですけど……実は、書庫の整理をしてたら偶然見つけたんです」

「随分と古いノートだね」

手にしていたノートを司郎に渡すと、数ページ捲ってから難しい顔をして閉じて側《そば》のテーブルに置いてしまう。気に障《さわ》るような内容なのかと焦ったが、直《す》ぐに違うと判明した。

「どうも古文は苦手で、私には難しいな」

「僕も全文は解読できてないんですけど……」

司郎の隣に腰を下ろし、淳はどうにか読み取れた文字の部分を開いて指で示す。

「『上倉』って読めますよね？　だからこれ、上倉家に関する資料だと思うんです。多分ですけど……でも僕だけじゃ読むのは難しいから、大学へ持って行ってもいいですか？」

「構わないよ。知識欲が刺激されるのはいいことだ」

「ありがとうございます。っていうか、司郎さんにも苦手な教科があったなんて驚きました」

『古文』と言うほど、書かれている文章は難しい物ではない。現にペンで書かれている部分は、淳でも大体なら理解できる。

「本は好きなんだけどね。どうも少し古い言い回しになると、理解しづらいんだ。まだ法律書の方が読めるよ」

「僕はそっちの方が無理です」

淳は何度か、司郎の机に無造作に置かれた仕事の書類を見てしまったことがあった。しかし淳には、さっぱり用語が理解できなかったと思い出す。

「――そうだ、淳。来週は最後のフィッティングあるから、休みは空《あ》けておきなさい」

「はい……司郎さん」

ドレスの仮縫いは、最終段階を迎えていた。初めは女性ばかりのスタッフに囲まれ、ウエディングドレスを着ることに抵抗はあったが、サロンの従業員から『最近は同性同士のカップルも多いから』と好意的に説明された。

上手《うま》く乗せられたという感じは否めないけれど、司郎を含めスタッフ達も心から祝福ムードで仕事をしている姿を見て、恥ずかしさは当初より大分薄れている。

最近は女性もスレンダーな体型が増えたので、肩や腰の骨格を隠すデザインにすれば男が着ても違和感はさほどないらしい。正直、ドレスが似合うと言われて喜ぶべきか考えてしまったけれど、司郎の笑顔を見たらどうでもよくなってしまった。

「僕、司郎さんのお嫁さんになるんですね」

「不安かい？」

「え？」

「そんな顔をしていたからね」

腰を抱き寄せられて顔を上げると、至近距離に司郎の顔があって頬《ほお》が熱くなる。夜ごと恥ずかしい行為をしているのに、不意打ちで見つめられるのにはまだ慣れない。

「司郎さんの伴侶になるのが不安なんじゃありません。なんか、夢みたいで」

「マリッジブルーの一つかな」

姉が結婚する直前に同じ事を言っていたが、彼女の場合は落ち込むわけでもなく、淳から見れば完全に浮かれきっていたので、本来の意味がよく分からない。

「気分転換になるなら、勉強に没頭するのもいいだろう」

「ありがとうございます」

素直にお礼の言葉を口にすると、司郎が少しだけ意地悪な笑みを浮かべた。

「無防備な君を前にすると、押さえが利《き》かなくなる」

腰を抱いていた手が前に回り込み、ジーンズの上から自身をなぞられる。突然の愛撫に息を詰め、思わず身を捩った。

「……っ、司郎さん？」

「真面目《まじめ》な話は終わったのだから、君を堪能したい」

抱く時と同じ、深く優しい声で囁《ささや》かれ淳は背筋を震わせる。誘われるままに、淳は頬を染めて頷《うなず》いた。


大学で文学部を選んだのは、単純に本が好きだからだった。幼い頃から生活は困窮していたので、本を読みたければ学校の図書室に籠もるか借りるしかない。

それにアパートは狭かったので、本棚を置く余裕もなかったほどだ。

そんな単純な理由で図書館の大きな大学の文学部を選んだと姉に告げたときも、彼女はただ『好きなだけ読んできなさい』と言って笑った。自分達の境遇を卑下する事も、自由に本を読めない環境にあったことを謝罪しなかったのも、淳にとっては気が楽だった。

講義が終わり、学生達がそれぞれ帰り支度やサークルに向かう準備を始める中、淳は教壇で質問を受けている教授に歩み寄る。

文学部の教授陣の中で一番年上だと噂《うわさ》があり、皺《しわ》だらけの顔と白いひげが特徴の人物だ。厳しいと有名だけれど、それはレポートの評価に対してであって、教授自身は気さくに話をしてくれる。

「すみません。この本、友達の家から出てきた物なんですけど。内容が分からなくて。見て頂けますか?」

「ほう。これはまた、面白いものを持ってきたね。君は……」

「時田《ときた》淳です」

近代文学が好きなので、明治初期の書物なら大体読めるようにはなっていた。けれどそれは印刷された文字に関してだけで、直接筆で書かれた文になるとお手上げだ。

しかし流石《さすが》に教授は、淳から本を受け取ると単行本でも読むようにページを捲り始める。

「紙が日に焼けている割に、状態はいいね。装丁はシンプルだけれど、上質の鹿革だ。中に使われている和紙も、よいものだよ。ここに掠れかけているけれど、家紋が型押ししてあるのが分かるかい? その家の主人用に作られたノートのようだね」

皺だらけの指が示した背表紙の中央には、家紋らしき刻印が押されていた。

「……本当だ」

——やっぱり、上倉家の誰かが書いた物なのかな。司郎さんに家紋のこと聞いてみよう。

「旧家だと、その年の出来事や他家との細々した遣《や》り取りを記録していたりもする。しかしこれは……」

考え込む教授に、淳は首を傾《かし》げる。全く読めないわけではなく、独学で数ページは解読していた。しかし特別気になる記述はなかったと記憶している。

「変わった内容なんですか？　てっきり、季節ごとの行事の覚え書きだと思ったんですけど」

「ああ、間違ってはいないよ。でも家の記録と言うより、日記と覚え書きが半々といった感じだね。君くらいの年代が興味を持てそうな内容だから、自習だと思って読んでみなさい」

本を返されて、淳は困惑する。自習として読むようにと言われた事ではなく、問題は本の内容だ。

——どうしよう。てっきりメモ程度の内容だと思ってたんだけど。

いくら故人とはいえ、他人の日記を読むのは秘密をのぞき見るようで心苦しい。作家の資料として公開されている物でもないし、何より一般人の日記だ。

そんな考えが顔に出てしまったのか、教授が宥《なだ》めるように頷く。

「故人には悪いが、文体も文字自体もとても読みやすい。歴史的な観点からも、教材にしたいくらいだよ」

「そうなんですか」

「これを書いた人物は、とても冷静だ。当時の人の物の考え方を理解するのにもいい。敬意を持って読めば、故人も許してくれるんじゃないかな」

「ですが僕の学力だと、とても読めません。特に筆で書かれた文章は、難しくて……せめて概要だけでも、教えていただけませんか」

ペンならまだしも、毛筆は何度かトライしてみたが完全にお手上げだった。しかし教授は首を横に振る。

「そう難しい文章でもないから、真面目に取り組めば読み終えるのに三週間程度かな。毛筆は癖字ではないから、形さえ覚えればそう難しくはない。無論、協力はするよ。ただし読破しても、単位にはならないけれどね。それに時田君が自分で読むことで、これからの講義にもきっと役立つ。決して損ではない」

確かに、自分で読み理解した方が司郎に説明する際にも、話しやすいだろう。

「分かりました、やってみます。ご指導、よろしくお願いします」

頭を下げると、教授が髭《ひげ》を撫《な》でながらからからと笑う。

「時田君は真面目だな。少しぐらいがっかりした顔をして、楽しませて欲しいんだが」

「えっと、すみません」

謝罪すると更に笑い声が大きくなって、教室に残っていた数人が振り返る。

「今時珍しい子だ。休日でも、私か准教授の居るときには研究室を使えるように話を通しておくから頑張りなさい」

「ありがとうございます」

個人的な頼みに、快く協力を約束してくれた教授に淳は深々と頭を下げた。


その日を境に、淳は講義が終わった後も教授が部屋の鍵《かぎ》を閉めるまでの間、居残りをして日記を読みふけった。けれど読めば読むほど、当時の時代背景や使われなくなった単語が多いと気づく。教授は『慣れれば読める』と励ましてくれたが、その『慣れる』までが厳しい道のりだった。でも途中で諦めてしまうのは、嫌だった。

結局司郎と約束したフィッティングの日も延期してもらい、日曜にも大学へ顔を出すようになっている。

その日も淳は、帰宅してから深夜まで毛筆の解読書を片手に古びた日記帳と格闘していた。

「淳、話がある」

「……あ、はい……なんですか？」

声をかけられても暫《しばら》く反応できず、肩を叩《たた》かれてやっと淳は視線を上げる。二人の寝室に置かれた机の上には、辞書やノートパソコン、そして例の日記帳。

司郎はそれらを眺めた後、眉《まゆ》を顰《ひそ》める。

「そんなに楽しいものなのか？」

「楽しいって言うか、興味深いです。上倉家に関わる方が書いたと思われる日記なんですけど……」

上倉家は商家だが、季節ごとに近隣で行われる催事を取り仕切る家でもあったらしいのは分かってきた。現代では残っていないちょっとした行事や風習など、細かに書き付けてある。だがこれはあくまで書き手の、今で言うメモ的な物のようで正式な資料ではないから文字が雑になる部分の方が多かった。どうにか理解できた場所を捲り、淳が説明を始めると司郎がそっと肩を抱き顔を覗《のぞ》き込んでくる。

「全文が分かったら改めて教えてくれ。今の淳を見ていると、本に嫉妬してしまいそうだ」

「え？」

「体調が悪くなっているのも分からないほどに、夢中なのだろう？　勉強熱心なのはいいけれど、無理は良くない」

肩を抱いていた掌《てのひら》が額へと回され、押し付けられる。司郎の手は冷たくて心地よく、つい瞼《まぶた》を閉じてしまう。

「司郎さんの手、大きくて気持ちいいです」

「全く、微熱があるのも気がつかないのか。背中や肩の関節に違和感はないか？」

指摘されて、淳は初めて体の不調に気付いた。

「正直、初めは君が本を理由に浮気でもしているのかと思っていたんだ。帰りは遅いし、休日も出かける。フィッティングも延期してくれなんて言われて内心取り乱したよ」

自分より大人で、冷静な彼が焦っていたと知り淳は驚く。背後から抱きしめてくる司郎の口調は決して責めるものではなく、淡々と告げられる言葉に余計彼の苦しみが深い物だと実感させられた。

「司郎さん……ごめんなさい」

「いや、淳の心変わりを疑った私が悪い。それに君は若いんだ、美雪さんという防波堤が居なくなって、自由に恋愛もできる。もし君が誰かを好きになったら引き留める権利はない」

「嫌です！　そんなことしません！」

椅子から立ち上がり、淳は司郎の手を振り払う。そして彼と正面から向き合うと、胸に縋《すが》り付いた。

「浮気なんかしてませんし、僕には司郎さんだけです。あと……引き留めないなんて言わないで下さい。僕、司郎さんと一緒にいたい……」

「不安にさせるようなことを言って、すまなかった。大人げないな」

そういえば、日記を読み始めてからこうして抱きしめ合っていなかった。ベッドでは寄り添って眠るけれど、疲れ切った淳はすぐに眠ってしまいお休みのキスもしていない。

当然、セックスもご無沙汰《ぶさた》だ。

意識してしまうと、淳も司郎の体温を求めるように彼の逞しい胸元へ頬をすり寄せる。ガウン越しに抱きしめられた淳は、ごく自然に背伸びをして自分から触れるだけのキスをした。

「淳」

驚いたように呼ぶ声に、少しだけ微笑《ほほえ》む。

「僕も、日記ばかりに夢中になってごめんなさい。けど……もう少しで全部読めるんです」

どうしてあの日記に拘《こだわ》るのか。持ち出す許可をもらったときに説明はしたけれど、今はあの時以上に内容が気にかかる。その気持ちを、淳は司郎に隠さず伝えた。

「読み進めるうちに、読まなくちゃって気持ちが強くなって。止まらないんです。内容も上倉家の歴史だし……解読することで、ちょっとでも貢献できたらいいなとか……思い上がってますね」

「いや父も私も仕事にかまけて、上倉の歴史には全く無頓着だったから有り難く思っているよ。ただ淳と触れ合えない日が続くのは、そろそろ限界だから早く読み終えて欲しい」

冗談めかして言っているが、本音であるのは丸わかりだ。そして淳も、本に没頭することと司郎に触れられないのは別問題だった。

「ええ。なるべく早く終わらせます……僕も、その……司郎さんにぎゅってしてほしいから」

すると背に回された手が、淳の体を優しく包んで抱きしめる。このまま抱かれるのかと思ったけれど、司郎は触れるだけのキスを額に落として微笑む。

「今日はもう休みなさい。微熱のうちに体を休めておくほうがいい」

互いに、もっと触れ合いたいと思っているのは目を見れば分かる。けれど司郎は淳の体調を気遣い、欲を抑えてくれているのだ。

——もう少し読みたかったけれど。今夜は司郎さんの言うとおり寝よう。

伴侶となる人に、心配をかけてまでする事ではない。淳が司郎の首に腕を回すと、ふわりと体が浮く。こうして抱き上げられ、ベッドに運ばれるのも久しぶりだ。

「司郎さん、大好きです」

「私もだよ」

結婚式の練習のように優しい口づけを交わしながら、二人はベッドに入った。


体調を崩しかけながらも、淳は半月をかけて日記の全文を読み解いた。教授の指導があったとはいえ、かなりの時間と根気が必要だったのは否めない。

——おかげで、勉強にはなったけど。

土曜日の午後なので、研究室には教授以外に殆《ほとん》ど人はいない。常駐している准教授も、別件の資料集めがあるとかで出払っている。

読破した達成感以外にも、淳は複雑な思いを胸に閉じられた日記の表紙を見つめていた。

「読み終えたようだね」

声をかけられて、淳は頷く。

「……教授は知ってて、これを読むように言ったんですか？」

「君が資料を探しに図書館へ行っている間に、読ませてもらったよ。指導する立場だから君からの疑問点に、すぐヒントを出せないと意味がないだろう」

パイプ椅子を持って来た教授は、淳の横に座ると日記を手にとって丁寧にページを捲りながら、周囲に学生が居ないことを確認する。

「どちらにしろ、過去の事だ。それに君が上倉家と和解できたようだから、いいかと判断した」

――やっぱり、僕が日記に出てくる時田家の子孫だってバレてる。

催事や、日々の覚え書きがメインの日記と思っていたが、読み進めるうちに内容は書き手の心情が中心となっていった。半ばを過ぎた辺《あた》りからは、完全に感情的な文体となり、時田家との関わりを中心に日々の出来事が綴《つづ》られている。

それにしても、どうして教授が自分と上倉の関係を知っているのか気になった。

「僕が……この日記に出くる時田家の人間だっていつ知ったんですか？」

「日記に出てくる時田家の子孫だと見当がついたのは、読み終えた後だよ。それより、復学当初から、君は理事長や主要な教授陣からは気にかけられていたんだが。気付かなかったかい？」

「どういう事ですか」

ごく普通の学生でしかない自分を、なぜ大学のお偉方が気にかけているのかさっぱり分からないので淳は首を傾げる。するととんでもない事実が告げられた。

「君は入学早々、休学届を出しただろう。その上、書類を持って来たのは上倉家の弁護士だったから、上層部では噂になっていたんだ。休学理由も、相続の件で揉《も》めているから暫くは身の安全を優先すると言われてね。初めは君が上倉家の親戚かと思ったが……日記を読んで納得した」

指摘されて、今更ながら淳は自分の休学届がどういった形で申請されていたかを知る。病気なら診断書が必要だろうし、なにより身元保証人である姉が海外へ行った後のことだ。あっさり休学が認められたのは、上倉家の名のお陰だ。

政財界に多大な影響力を持つ上倉家が、お抱えの弁護士を寄越して書類を提出すれば大学側も理由など問えず頷くしかなかっただろう。

「しかし驚いたよ。君が復学してから、上倉さんが直々《じきじき》に挨拶《あいさつ》にいらしてね。理事長に『時田君には自由な大学生活を楽しんで欲しいが、防犯面が心配だ』と言って、構内に防犯カメラの設置と常駐の警備員を手配してくれたんだ。費用や人件費も寄付してくれたんだよ」

――……司郎さん。

バイト先や大学には、上倉家との関わりを必要以上に出さないで欲しいと淳は頼んであった。流石にバイト先の雇い主には、上倉の子会社という事もあって隠し通すことはできなかったけれど、従業員達には知らされていない。

だから大学も、司郎は何もしていないと思い込んでいたのがこの結果だ。

少し前に上倉の本社へ就職が決まったというOBが来て、大出世だと騒ぎになったのを聞き、やはり隠し通すべきだと実感したばかりなのだ。青ざめる淳に気付いていないのか、教授はにこやかに微笑む。

「なんでも、時田君のお姉さんの旦那さんが上倉さんと親しくしているそうじゃないか。まあそんな間柄まで知っているのは、上倉さんと直接話をした数名だ。公表するつもりもない。騒ぎになれば上倉から睨《にら》まれるのは、こちらだ」

「すみません」

自分は悪くないけれど、トラブルの原因を引っ張ってきてしまったような罪悪感がある。それに、教授陣が自分と司郎の関係に疑問を抱《いだ》いているのは確実だ。

どうやって誤魔化《ごまか》そうかと考えていると、意外にも教授の方から口を開く。

「上倉さんは時田君の後見人という立場なのだろう？」

「ええ……まあ」

――そっか、知らない人から見れば、唯一の親族に頼れない僕を司郎さんが面倒を見ているって事になるのか。

それでも当初は過剰に援助しすぎではと、疑問の声はあったようだが、深入りするのは良くないと教授会が判断したと続けられる。防犯カメラ以外にも、一体幾ら寄付をしたのか気になったけれど、知ったところで何もできないので淳はただ頷くだけにした。

「――まあ、そんな時に君が上倉家の日記を持って来たんだよ。休学届の件から、私個人としては疑問を持っていたんだが。読んで納得した」

「あの、このことは……」

「知っているのは、私だけだよ。君はこれまで通り、学生生活を楽しみなさい。しかし過去の事があるとはいえ、援助してもらえるというのは君を支えたいという純粋な良心から来る物だろう。上倉さんと、ご先祖の為《ため》にも頑張りなさい」

「はい！」

寄付は寝耳に水だけれど、結果として良い方向に転がったようだ。教授からも理解を得られていると知りほっとした淳だが、肝心な事を聞いていなかったと思い出す。

「あの教授、この日記ですが」

何と聞けば良いのか、自分でも分からない。想像していた以上に、中身は書き手の心情が詰め込まれていたのだ。

「当時の情勢なども冷静に記録されていて、歴史的資料としても価値が高い。史学科の連中に見せれば、大喜びするぞ」

「ですが……」

「分かっている。生徒の興味を引く教材として、とても素晴らしいものなのだが。上倉家と君に、迷惑がかかるだろう」

後半の内容は、主に当時の上倉家当主が胸に秘めていただろう恋心だ。冷静な文体の中、時折感情にまかせて綴られる相手への激情は当人を知らない淳でさえ息を呑むほどだった。

「資料として公表すれば、当然出所も分かってしまう。隠しても、君が上倉家から預かって持って来たと、学内だけでなく他校の学者にもすぐに知れ渡る。学生達などには、言わずもがなだ」

上倉家当主の日記という歴史的価値も話題になるが、学生間では淳には大企業である上倉のバックがついていると知られてしまう。それがどれだけのトラブルを生み出すか、教授は理解してくれているのだ。

「名前が知れているというのは、利にもなるが時に不自由になる。けれど上倉さんは君の進路に口出しをしていないだろう？　良い方だ」

「はい。とても感謝してます」

「私は君の平穏な生活を乱すつもりはないよ。日記を偶然とはいえ拝見できただけでも、感謝している」

心から嬉《うれ》しそうに微笑む老教授に、淳もやっと肩の力を抜いた。

「それにしても、あの時代の世俗が分かる資料としては貴重だ。内容からして、当時の小説家とも交流があったようだし……」

しかし学者としての立場からすれば、この日記は相当価値のある物らしい。淳も当主の心情に共感せず、あくまで当時の物の考え方が書かれた資料として読んでいれば、教授と同じ感想を得たと思う。手伝ってもらいながら、何も礼ができないのももどかしい。淳は残念そうな教授に、声をかける。

「お貸しできそうな資料があるか、上倉さんに聞いてみます」

「本当かい！　いやあ、こういった資料は故人の家に死蔵されていることが多くてね。コピーだけでも取らせてもらえると有り難い」

「分かりました。僕からもお願いしてみます」

老人とは思えない力強さで両手を摑《つか》み、落ちくぼんだ瞳《ひとみ》には青年のように生き生きとした輝きが見て取れる。ふと、淳は心に浮かんだことを尋ねてみた。

「教授は、どうして近代文学を研究されているんですか？」

「私の場合は少し前の人々が何を考えていたのか知りたいからだ。古典も似たような物だが、突き詰めれば人の思想は大して変わっていない。それを確認するのも面白いんだよ」

『変わっていない』という一言が、胸に響いた。それまでは得意教科だから勉強していた淳だけれど、少しだけ考えが変わった瞬間でもあった。


その夜。司郎の帰宅を待っていた淳だが、連日深夜まで読んでいたせいか、いつの間にか眠ってしまっていた。

「ん……あっ」

「淳、疲れているなら寝ていなさい」

人の気配に気付いて瞼を開けると、ベッドの横にはスーツ姿の司郎がいて淳は慌ててベッドから起き上がる。

「眠るなら、机ではなくてベッドへ入りなさい。体も疲れるし、風邪を引くぞ」

どうやら自分は、座ったまま机に突っ伏して眠ってしまい帰宅した司郎にベッドまで運ばれたようだ。

「淳？」

「やっと全部、読めたんです！」

スリッパも履かずに机に戻り、引き出しにしまってあった日記を出しベッドに戻って腰掛ける。勢いに気圧《けお》されたのか、司郎は何も言わず淳の隣に座った。

「……これ、上倉家の当主の……メモを兼用した日記でした。年代と内容からの推測ですけど、時田家が没落する少し前の頃から始まってます」

正しく言えば当時の出来事や、催事及び儀式の覚え書き。それとその時々の自分の考えなどを、本人が思いついたときに書き付けてあった。

「家系図や、昔の帳簿などは別室に保管されているが、日記は初めて見たよ」

上倉家の当主として、歴史的な文献にはある程度目を通していたようだが、個人的に記された物はこれまで発見されていなかったようで司郎が驚く。

「それであの、内容の説明の前に頼みたい事があって」

「言ってごらん」

「教授が是非上倉家の文献を見たいと言ってるんです。今回の事でもお世話になりましたし、他の方が見ても大丈夫な物があれば貸して欲しいんです。この本の内容だと、ちょっと表に出せなくて……」

「それは構わない。うちは君も知るとおり、貿易をしていた店だから帳簿が大半だろうけど。明日にでも、木村に言って保管室の方を探してもらおう」

「ありがとうございます」

「しかしその本は、なにか問題があったのか？」

問われて、淳は言葉に詰まる。けれどそれをこれから説明しなくてはならないのだ。深呼吸をして気持ちを落ち着かせる。

「恋愛の悩み的な物が多くて、生徒の興味を引くには最適なんですけど。故人の心情が赤裸々に書かれている部分があるから、公にしない方がいいって教授が言ってました。それで本題なんですが……」

日記を膝《ひざ》の上に置き、淳は少しだけ考え込む。

内容を伝えると約束したし、本来知るべきは司郎の方だ。

――とにかく、冷静に。感情で『推測』を入れず、ありのままを伝える。

教授からの受け売りを心の中で繰り返し、淳は日記を開いた。

「多分、上倉家で行われていた月ごとの催事は、別の本に詳しく書いてあると思うので飛ばします。その……僕達が知りたかった部分は、後半にありました。上倉家と時田家がどうして親密になり、そして連絡が取れなくなったかという点です」

日記は、最初の方は事務的な内容が多かった。書き留めた当主も、特に『日記』という意識はなかったのだと感じられる。しかし、ある時を境にして『時田家当主』の記述ががらりと変わった。

元々、上倉家と時田家は船主から貿易商に転じた同業者で、親同士は今で言う良きライバル的な感じだったと読み取れた。ただ家族ぐるみで親密になったのは、この日記を記した人物の父親の代からで、二人は幼少時代に遊び相手として引き合わされたと記されていた。

本来なら互いの家の格を誇り対立してもおかしくない間柄だが、父達と同じく子供達も意気投合し、同じ学校へ通う仲にまでなったというのが当時としては珍しかったようだ。

しかし問題が持ち上がる。

上倉の当主は、友人である時田の当主を愛してしまったのだ。いくら仲が良いとはいえ、それぞれ名の通った大店。両人とも許嫁《いいなずけ》が決まっており、時田家の当主の方に至っては既《すで》に婚礼を済ませていたらしい。

そんな状況の下、上倉の当主は時田に想いを告げることなどできず、まして己を疑うことなく心から慕ってくれる許嫁も裏切れない。上倉の当主が許嫁と時田への想いで板挟みの中、決定的な出来事が起こってしまう。

長年時田家と付き合いのあった貿易船が、季節外れの嵐で沈んだのだ。それがきっかけとなり、時田家は不渡りを出す。運悪く時勢にもついてゆけず、没落したというのが大まかな流れだ。上倉から援助は受けたようだが、それでも足りなかったらしい。

そして時田家は財産を失い、当主は家族すら残して一人借金を背負い行方《ゆくえ》を晦《くら》ませた。

「――時田の当主は、僕のお姉ちゃんみたいに気の強い人だったんでしょうね。だから対等だと思っていた上倉家から必要以上に手を差し伸べられるのは、恥と考えて姿を消したんだと思います。意地っ張りって言うか。弱みを見せたくなかったんじゃないかな」

どうして上倉家が時田家を気にかけるのか、その理由が垣間見えた気がした。

「そうなのか……」

「木村さんもお姉ちゃんは時田の性格を受け継いでるって、言ってたじゃないですか。意地っ張りなところなんて、そっくりだと思います」

まだ執事という職業が確立していなかった時代から上倉家を補佐してきた木村の先祖は、使用人の視点で上倉家と時田家の関わりを見ていたようだ。なので執事の木村は『美雪様は時田家の気性を受け継いでおられます』とにこやかに教えてくれた。

「手紙の遣り取りもしていたみたいだし。はっきりとは書いてませんけど、想いが通じたような記述は何カ所かありましたし」

「ちょっと待ってくれ」

けれど司郎は腑《ふ》に落ちないのか、眉を顰《しか》める。

「同じ時期に同年代で家を継いでいたのは、両家とも男子だったはずだ。まだ時田家と縁があった頃の写真が残っている。うちで開いた園遊会の写真に、時田家の人々も写っていた」

時田家と違い、上倉家には家族写真や系図が多く残っている。系図に興味がなくとも、司郎もいずれは上倉を継ぐ者として先祖の写真くらいは見ておくようにと、祖父から見せられたと続ける。特に時田家に関しては、祖父から何度も『探して欲しい』と聞かされていたとも司郎が告げる。

「じゃあ、上倉の当主が好きになったうちのご先祖って……」

「確実に男子だ。それに、年齢の近い兄弟姉妹はいなかった。なによりあの時代、男女が一緒に学校へ通うなど不可能だよ」

「なら、教授が指摘しなかったのは……」

「書き方が曖昧《あいまい》だったから、勘違いをしたんだろう。今の淳のようにね。大学なら、共学ではないにしろ、近い敷地に女子用の学舎がある所もあったはずだ」

言われて、淳はほっと胸をなで下ろす。しかし時田の当主が男性と分かったことで、複雑な気持ちにもなる。

「今思ったんですけど……時田の当主は上倉家の当主の気持ちに気付いてて……自分も好きだったんだと思います。でも曖昧にした。そうでなければ、姿を消すなんてやらないと思います。僕の勝手な憶測ですけど」

「どうしてそう思うんだい？」

「だって、まずは家を何としてでも建て直した上で上倉家にも恩返しをしたいと思うんじゃないでしょうか。姿を消す必要はありません。日記には、時田は下働きの者達まで全員の働き口を斡旋《あっせん》しただけで、家自体の再興には奔走しないから苛立《いらだ》っているような記述がありました」

本当のところ何を考えていたかなんて、淳も分からない。

けれど現代よりも同性同士の恋愛が難しかった時代だ。自分が同じ立場なら司郎に迷惑をかけてはいけないと考えて、距離を置いていただろう。そして上倉の当主も、既に結婚していた時田の苦悩を知り手紙の遣り取りで秘めた気持ちを伝えるだけに留めていた。

だが事業が傾いたことで、状況は変わってしまう。

没落前の時田家は、上倉家と並び立つ豪商だったはずだ。そんな時田家を建て直すには、莫大な資金が必要だったと淳でも予想は付く。愛する者が窮地に追い込まれれば、周囲の目など気にせず手を差し伸べてしまうのも仕方ない。恐らく上倉は、法外な援助をしたのだ。

それでも時田家で働いていた者達に、新たな働き口を見つけてやるだけで資金は尽きた。

更に家を建て直すとなれば、莫大な資金が必要になる。それは上倉当主個人の厚意で行うには、首を傾げざるを得ない額だったのだろう。親族や出資者からの反対もあったに違いない。

「きっと時田家を本気で建て直すってなったら、上倉家には相当な負担がかかった筈《はず》です。いくら仲の良い家同士でも、共倒れになる可能性が高いのに、商家がそんな不利な事をする筈がありません。だから……僕の先祖はこれ以上の融資をさせないためと、これまでの援助の理由を勘ぐられないために……逃げたんです」

姿を消せば世間は『恩を返さない卑怯者』と時田の当主を嘲《あざけ》るだろう。実際、そういったゴシップに上倉の当主は反論したようだ。しかし、庇《かば》えば庇っただけ時田の評判は落ち、代わりに上倉の名声は上がった。

「使用人が全員働き口を見つけた後は結婚相手とも離縁して、身一つで消えたみたいです」

「好奇の目から上倉を守る為に、身を挺したのか」

「そうでなければ過剰な融資や厚意を勘ぐられて、上倉の当主に悪い噂が立つと判断したんでしょう」

何より悲しいのは上倉の当主も、そんな時田の想いを理解していたからこそ最後まで気持ちを直接伝えられず、すぐに行方を探すこともできなかった。

第三者から見れば、真面目に相手を愛しすぎた故のすれ違いだ。家や立場というものはあったが、代わりに人目を忍ぶ逃げ道も知っていた筈なのに、二人は互いの気持ちを知りつつそうしなかった。理由はお互いと、周囲の人々を傷つけたくないが為にだ。

「深く愛し合っていたんだね。言葉にしなくても、想いは伝わる。会えなくて、さぞ辛《つら》かっただろう」

ぽつりと、司郎が呟《つぶや》く。淳は最後のページを捲り、一行だけ書かれた文を指さす。

「短歌です。教授が言うには『せめて側に居たかったという気持ちが込められている』って……」

筆で書かれたそれは、文字も掠れて読みにくい。筆跡も前半とはかなり違うので、歳《とし》を取ってから書かれた物だろうと教授は言っていた。

「ありがとう。これでやっと、どうして上倉家が時田家を気にしていたのか分かったよ」

「いえ。役に立てなくてすみません。もっと資料的な物かと思っていたんですけど」

するとと司郎は首を横に振り、優しい笑みを浮かべた。

「知ることができて、良かった。それも理解者に読んでもらえたのだから、先祖も気恥ずかしいだろうけど悪い気はしないんじゃないかな」

ふと、教授の言葉が蘇《よみがえ》る。昔も今も人の心の本質は変わっていないから、自分も司郎もこの日記を理解し共感もできた。まるで疑似体験をしているような錯覚に、淳は涙ぐむ。

けれど当時の時田当主を思えば、感傷に浸ってなどいられない。彼ができなかった分、自分が行動を起こすべきだと考える。

「司郎さん……僕、司郎さんと結婚してからの事を考えていたんです。卒業したらどうしようかって」

夜間の大学は、全日と同じ四年制だ。

姉が結婚を決めなければ、普通に就職活動をし、働いて家計を助けるつもりでいた。しかし姉が嫁ぎ、自分は司郎と共に生きると決めた時点で選択肢は増えている。

「それで、答えは出たのかい」

「本当の事を言うと、とても迷ってました。僕はお姉ちゃんに守られて育ったから、世間知らずな所もあるし。いっそお姉ちゃんの所で働いて、見聞を広げようかと考えもしました」

「淳、それは……」

焦った様子の司郎に、淳は静かに首を横に振る。

「でも、司郎さんの側を離れるのは嫌です。だから我が儘《まま》を言わせて下さい。僕は司郎さんの伴侶となってからも、もっと勉強がしたいんです」

いまはまだはっきりと説明できないが、もっと過去の事を知りたいと思った。きっかけは上倉家当主の覚え書きだが、彼の考え以外にも当時の風俗や人々の生活もぽつぽつと書かれていた。

歴史に名の残る偉人の話も面白いが、市井の人々の暮らしにも淳は興味を覚えたのだ。

「何より……この日記を読んで、心を動かされたんです」

結ばれないと分かっていても、互いを助けられるように努力していた上倉の当主。きっと時田も同じ気持ちだったに違いない。でも時田は傾いてしまった家と自分の恋愛感情を恥と考え、上倉に迷惑かけないよう失踪した。自分一人だけの保身を優先するなら厚意に甘えてもいいだろう。しかし当時の時田は、様々な柵《しがらみ》を抱えていた。

雇っている人々や、家族。そして親密にしていた上倉との関係をできるだけ壊さない為に、時田の当主は『失踪して、自身が蔑《さげす》みの対象となる』という形でけじめを付けた。

否、そうするほかに道がなかったと言うべきだろう。

――当時、同じ立場なら僕も同じ事を考えただろうな。

しかし過去と現在とでは、状況が違う。『豪商の時田家』という枷《かせ》のない淳は、背負う物はないのだ。

将来の夢もない自分が働いても、司郎にはなにも返せない。だったらもっと勉強して知識を増やせば、いずれは司郎の役にたつだろう。上倉家は貿易の他にも様々な会社を経営しているから、学んだ知識を生かせる場はある筈だ。

「まだ何がしたいか、決まってないんですけど。でも沢山《たくさん》学べばきっと司郎さんの役に立ちます」

「私はその気持ちだけで嬉しいのだけれど、それでは淳は納得しないだろうね。やはり言い出したら聞かないところは美雪さんそっくりだ」

「僕は真面目に言ってるんですよ」

「私も真面目だよ、淳。ただ約束して欲しいことがある。淳の学力なら、そう難しい事ではない」

真剣な眼差《まなざ》しを向けられ、淳も背筋を正す。世話になっている以上、資格試験や成績など彼が求めるレベルをクリアするのは当然だ。だが提示された内容は、全く予想外の物だった。

「大学の授業料は目を瞑《つむ》ったが、院に進む場合も他の大学へ編入する時でも、私が学費を負担する。これだけは譲れない」

「そんな、申し訳ないです」

つまりは費用など気にせず、自由に勉強しろと司郎は言っているのだ。

流石に甘えすぎだと反論しようとするが、司郎は人差し指を淳の唇に当てて言葉を封じた。

「夫として当然だ。それに淳が得た知識は、私の元で発揮してもらう事になるのだからね。彼らが共にいられなかった分、私たちが一緒にいよう」

「はい」

過去の当主達が、何を考えていたかは分からない。けれど、お互いに相手を大事に思っていただろうと想像は付く。

「生涯、君を離しはしない」

左手を取って、司郎が淳の指先に口づける。そして淳も、控えめに頷く。

「僕も司郎さんの側にいます」

過去に果たされなかった約束は、やっとここに結実した。

あとがき

はじめましてこんにちは、高峰あいすです。ルチル文庫様からは六冊目の発刊となります。

今回は、以前電子配信していた物を文庫にして頂きました。「約束の花嫁」本編の加筆だけでなく書き下ろしの続編二本の構成です！　思いがけず機会を頂けたので、両家の過去の確執を書けて楽しかった。

それでは普段通り、読んで下さった皆様と支えてくれる方々へのお礼を書かせて頂きます。

最後まで読んで下さった読者の皆様に、改めてお礼を申し上げます。少しでも楽しんで頂けたら嬉しいです。

綺麗な挿絵を描いて下さいました陵クミコ先生、ありがとうございます。淳の泣き顔が可愛くて素敵です！　編集のF様…いつもいつも、ご迷惑ばかりかけてすみません。

いつも支えてくれる家族と友人達には、本当にありがとう。

そしてこの本を出すにあたって、携わって下さった全ての方に感謝致します。

それではまた、お目にかかれる日を楽しみにしています。

高峰あいす　http://www.aisutei.com/

✦初出　約束の花嫁……………B-cube「約束の花嫁」（2008年6月）を加筆修正
初恋の行方…………書き下ろし
過去の恋………………書き下ろし

高峰あいす先生、陵クミコ先生へのお便り、本作品に関するご意見、ご感想などは
〒151-0051 東京都渋谷区千駄ヶ谷 4-9-7
幻冬舎コミックス　ルチル文庫「約束の花嫁」係まで。

幻冬舎ルチル文庫

約束の花嫁

2014年1月20日　　第1刷発行

✦著者	高峰あいす　たかみね あいす
✦発行人	伊藤嘉彦
✦発行元	株式会社 幻冬舎コミックス 〒151-0051 東京都渋谷区千駄ヶ谷 4-9-7 電話 03(5411)6431［編集］
✦発売元	株式会社 幻冬舎 〒151-0051 東京都渋谷区千駄ヶ谷 4-9-7 電話 03(5411)6222［営業］ 振替 00120-8-767643
✦印刷・製本所	中央精版印刷株式会社

✦検印廃止

ISBN978-4-344-83006-6　C0193　Printed in Japan